U0075084

瞎辦舊貨攤 1

斷尾虎爺

鄭宗弦 著

目錄

作者序 用舊貨掰出更好的自己 5

推薦文 我們守護的溫暖，舊得剛剛好 11

推薦文 你看出瞎掰背後的「創造」與「同理」了嗎？ 15

第一話 斷尾虎爺 19

第二話 紫砂茶葉罐 46

第三話 黃銅小香爐 70
第四話 大蝦圓盤 93
第五話 裝框的塗鴉畫 120
第六話 陶瓷結婚娃娃 142
第七話 金麥擀麵棍 162
第八話 迷你瓦斯爐 183
第九話 檜木櫻花扇 210

作者序

用舊貨掰出更好的自己

我生長在傳統的糕餅世家，從小就愛吃，也愛動手做料理，後來又著迷於研究食譜，因此在創作少兒文學這條路上，常選擇美食作為題材寫出了不少故事，其中最大手筆的作品，當屬長篇武俠美食少年小說《少年廚俠》。

在長年鑽研美食和故事的過程中，我發現「故事」具有神奇又強大的力量。

多年前我曾在電視上看過一個節目，一位高中女孩正準備聯考而熬夜讀書，她的父親為了給她打氣，每夜親手製作雞蛋牛奶布丁給她當宵夜食用，最後孩子順利考上了理想的學校。親友們無意間吃到這布丁，很是喜歡，便出錢請那位父親做給他們當點心，漸漸的變成一門生意，開發出獨特的布丁品牌行銷全臺，成為受歡迎的甜點。當時覺得這故事頗為溫馨，倒也沒有多想什麼。

事隔兩年，有朋友興致高昂的拿這款布丁來請我，他那熱情洋溢的神情，勾誘了我趕緊打開盒蓋吃上一口。忽然間，那些電視畫面浮現腦海，一股濃厚的父愛湧在心頭蕩漾，感覺嘴裡的布丁格外香甜滑嫩。

後來我拿它與別家產品相比，其實口味相差無幾，但是有故事的布丁，吃在嘴裡，暖在心裡，就是特別有滋味，難怪銷售業績蒸蒸日上。

相反的，我家樓下曾經開過一家牛肉麵店。開幕時，老闆在門口貼出一張大公告，上面用大字強調，他們絕不吹噓故事來宣傳產品，完全真材實料，用心燉煮，腳踏實地的提供美食，超高品質看得見、吃得到。我看了有些訝異，心想這樣反其道而行，是否真能異軍突起，獲得消費者的青睞呢？

他家的牛肉麵還算可口，一開始街坊鄰居好奇去消費，倒也高朋滿座，但吃過的人少有回頭客，一個星期後漸漸門可羅雀，最後不到兩個月就撐不過租金壓力，關門大吉。

我不禁感嘆，一家餐飲店如果沒有故事，本來沒什麼關係，顧客在消費時，對店家或老闆還能保有想像的空間、感動的可能。但是大張旗鼓的強調自己的店沒有故事，等於扼殺了顧客對它浪漫幻想的任何希望，也就斬斷了客人和商家的情感聯繫。有時人們對於故事的渴望，遠遠多於美食本身，因為在口腹之外，人們也渴望心靈能填滿「情感」的食糧，而對於一間沒有感覺的店，顧客是激不起熱情的。

這兩個完全相反的例子，對比出「故事的強大力量」。

又大概因為我家是糕餅店的關係，耳濡目染下，我從小喜歡欣賞古樸老舊的東西，除了家裡木雕的糕餅模具，我也喜歡竹編的謝籃、田埂邊長青苔的石雕土地公、阿公那把破了蓋子的紫砂壺、阿嬤冬日保暖用的湯婆子，甚至是倉庫裡，棄置的老梳妝臺下，一把生鏽的老柴刀。

相較於食物在短時間內被食用而消失，那些老東西由於長期被人們使用過，理所當然承載了許多「人」的氣息，比起美食應該更容易擁有動人的故事。因此，我在書寫美食小說之餘，也選擇用舊貨來說故事，用故事來行銷舊貨，也行銷情感與愛，讓故事不只可讀，還可供人情感交流，學習成長。

這便是《瞎掰舊貨攤》的創作緣起。

萬事起頭難，所幸我有一篇榮獲大墩文學獎的小說得獎作品〈財神爺〉（亦即第一章〈斷尾虎爺〉）。寫資本主義工商社會中，一位男性勞工失業後力圖振作的困境，可以作為帶動整套小說列車的火車頭。這個故事是我親眼所見，有感而發，就發生在二〇〇八年的金融海嘯期間。

我記得小時候常見到有人戴官帽、騎布馬，隻身闖進我家大門，乞求說：「好心的老闆，老闆娘，分一點錢給我，天公會保佑你賺大錢，長命富貴。」阿公會很自然給他幾個銅板，但是如果阿嬤在場，她會嚴厲的把人趕走，生氣的說：「你只要給了一次，就會沒完沒了。」

阿嬤從小是大地主家的千金小姐，阿公是白手起家的窮小子，自小喪父，寡母還是盲人，常常三餐不繼。他們對乞丐的態度因而天壤之別。

這些乞丐常在我開心看電視時，貿然闖進客廳，讓人錯愕、驚駭。我當時的反應是傾向阿嬤的，因為我也是在富足的環境成長。一直到我退伍之後，求職遭受挫折，又到了景氣變差的年代，身邊的朋友紛紛失業，我才體會到生活壓力艱鉅的慘況。因此我創作這一篇小說，述說他們的困境，描寫他們的掙扎。

基於這樣的心情，我陸陸續續寫出了許多舊貨的故事，並加上青少年主角夏志翔，以圍繞在他身邊的矛盾衝突貫穿起它們，打造出展現「故事力」的系列。

書中的議題包含了：家庭親子、夫妻感情、失業求職、失戀情傷、黑心商品、師生情、友情互勉、敬業樂群、族群的自我認同、土地正義、隔代教養祖孫情……，其中也有不少篇幅聚焦在青少年所關注的：正邪的抉擇、同儕背叛、偶像追逐、親子衝突、與人疏離等等切身的痛苦。

想想，一個人遭遇挫折時，往往有如巨石擋道而躊躇不前，開始懷疑存在的價值，常常想要放棄自己。我竭盡所能說出貼心的小故事，就是希望他們能被人了解，被人關懷，被人支持，因而願意鼓起勇氣，排除橫阻在生命路上的大石頭，重新出發。

另外，很開心的要跟喜歡《少年廚俠》的朋友宣布，書中還選入《少年廚俠》的前傳〈砲彈鋼刀〉，說的是林志達的先父林耀雄，年輕時與「瀟湘煙雨湘菜館」的少東魏興的敵友恩怨。

最後把焦點回歸到「自己」，讓我們一起共勉，去發掘並覺知到一個比平時更高心靈層次的「自己」，想像在「他」的關照下，你會惕勵自己精進，並努力扶助他人，朝那個更理想的「自己」邁進。

這更是我寫作這套《瞎掰舊貨攤》最大的心願。

推薦文

我們守護的溫暖，舊得剛剛好

文／知名作家黃秋芳

鄭宗弦在二〇一二到二〇一四年間寫的《瞎掰舊貨攤》，汲取溫暖療癒、奇幻怪譚和日系養分，藉由不可思議的舊貨店，穿透此時此地的「表面世界」，通過人、魔或其他存在的「共存空間」，以筆名「寺島言」在讀墨平臺出版了電子書。表相帶著日本風情的「寺島言」，內裡寄寓著深邃的東方古典：古「寺」孤懸在海外小「島」，宛如裊裊白煙般靜靜釋放的驚喜和感動，意在「言」中，看似與世隔絕，實則心懷眾生，為委屈吐不平，為幽淒勵人心，以旁觀之姿，替世人祈福。

後來，創作活力更加豐沛的年輕世代，以及播映平臺更加多元的影像改編，努力在時光長廊的老故事中，找出與當代接軌的文化嘗試，打造出屬於臺灣特有的時空魔幻，日常魔法，承繼歷史脈絡，從鄉野走入都市。就在這場文化覺醒和復甦的集體努力中，鄭宗弦的《瞎掰舊貨攤》電子書，於二〇一八年改版回復本名，形成這些舊貨故事第一次重新凝視的機會。

時間走著走著，直到世紀瘟疫，改變了熟悉的生活樣態，節制了人際互動的活絡，更讓人感傷的是，增添了太多生離死別的惆悵。唯一值得珍惜的是，這一、兩年間的心情痛挫和物質限縮，讓我們重新凝視對待「物」的態度與模式。在這樣的放慢、停留中，我們深刻感受，創造、採集、收納了各式各樣的「物」，同時也在各式各樣的珍惜、陳舊、捨棄中，聯結出更多複雜的記憶、情感和想像，在時空交錯中，展演出人與這個世界、與他人、與自己的奇幻旅程。

鄭宗弦對《瞎掰舊貨攤》的珍惜和守護，在創作十年後，終於以紙本書面目現身，深入第二次重新凝視的翻檢。適當的裁剪和翻新，注入「後疫情時代」的窘促和適應，和整個世界一起，對我們擁有、同時也相屬的「物」，放慢速度，細膩而深邃的看見溫潤和光澤，使得《瞎掰舊貨攤》的翻讀，像對古董舊貨的且琢且磨，在安靜中，閃現著閱讀的多元歡愉。

最先被撞擊的就是「**形音義的歧異暗示**」。作者精巧的命名和敘述，無論是人、地、時、物，透過過去的背景知識、母語的經驗聯想、聲音形色的起伏，鋪墊出比故事本身更多一點點的襯底。

這時，慢慢形成「**多層次的文學網絡**」。從「離我們很近的現實生活」出發，接引出「故事中的故事」，像枝葉輻射，不斷衍生出現實人間的艱難和困頓；就在這看起來「卡住了」的轉瞬，舊貨，成為「關鍵接點」，轉生出無限可能，更接近內心選擇，以及更多「不確定是不是更好、至少活得更安心」的未來。

隨著熟悉的人文舊物、常見的集體地景、鮮明的新聞暗示和日常的生活風情，我們的感受、聯想和思索，在倉促的翻新中，慢慢靠近溫暖的舊貨，交織出最後的閱讀魅惑：「**記憶的穿走**」，讓我們真切領略，所有值得守護的溫暖，全都舊得剛剛好。

推薦文

你看出瞎掰背後的「創造」與「同理」了嗎？

文／暢銷作家・爆文教練歐陽立中

先說個故事，在一九九一年，日本青森縣遭颱風襲擊，造成慘重災情。而你知道青森縣最知名的水果是什麼嗎？沒錯，就是蘋果。可當時蘋果園在颱風的襲捲下，蘋果不是被吹落摔爛，就是被水泡爛。殘存掛在枝上的蘋果，也是傷痕累累，就算拿去賣，也賣不出什麼好價錢。果農們束手無策，花了這麼多心血，難道就只能認賠了嗎？

我們先暫停一下，如果是你，你會用什麼方式幫果農把蘋果賣出去呢？

你可能想了各種方式：媒體宣傳、活動造勢、開發產品，但都需要額外的成本開銷。如果我告訴你，有個方法，不用成本，卻能提高商品售價。你想知道嗎？

我看見你點頭如搗蒜，好吧！告訴你，答案就是「故事行銷」。這也是近年來，全球風行的銷售方式，為產品說個好故事。許榮哲《故事課》說：「故事行銷就是合情合理的扭曲現實。」李洛克《故事行銷》進一步說：「故事行銷就是為事物附加心理價值，改變受眾原有的觀感。」不過很遺憾的，當多數人開始意識到故事行銷的重要時，都已經錯過了最有故事想像力的年紀：兒童時期。

好在，鄭宗弦老師寫出了《瞎掰舊貨攤》這部小說，我邊讀邊讚嘆：「這是最適合孩子培養故事行銷的神作啊！」沒有高深理論、沒有複雜數據，只有一連串的讓你讀到欲罷不能的故事。

故事說的是夏若迪失去工作，只好到舊貨市場擺攤，正苦惱如何推銷時，兒子夏志翔跳出來，為這些舊貨瞎掰故事，沒想到顧客聽得如痴如醉，紛紛掏錢買下舊貨商品。讀完這部小說，我認為可以培養孩子兩種能力：

第一種是「故事創造力」。創造力是孩子最珍貴的天賦。知名畫家畢卡索曾說：「我十四歲就能畫得跟拉斐爾一樣好，但我花了一輩子才讓自己像孩子那樣畫畫。」只可惜如果沒有適時引導，孩子創造力流失非常快。從《瞎掰舊貨攤》，你會讀到志翔如何創造故事，一個「茶葉罐」，他說起智文和盧師傅相知相惜的故事；一張不起眼的「塗鴉畫」，他說起鄭老師和調皮學生曉東的故事。以前你看茶壺是茶壺、搖椅是搖椅，但讀完這本小說，你會發現萬物有情，忍不住為萬物創造一個好故事。

第二種是「同理溝通力」。從商業角度看，為商品說故事是故事行銷。但鄭宗弦老師並不是只想讓孩子縱橫商場，他更希望孩子們知道，故事的背後是觀察、是同理、是溝通。小說表面上的主軸是賣東西，但如果你仔細閱讀，會發現很多故事，是在幫助當事人走出困局。像是原本想收贓款，跟同事同流合汙的男人，因為「茶葉罐」的故事，喚回了他對氣節的初衷；再像是本來一心想要對負心男友復仇的女子，因為「香爐」的故事，讓她領悟別把心力浪費在不值得的人身上。主角志翔說的故事，看似瞎掰，但實際上是他觀察客戶，同理客戶情緒，從中設計出來的隱喻故事。

回到一開頭蘋果的故事吧！後來有果農想到，將這些沒被打落的蘋果取名為「不落的蘋果」。他們用最精緻的禮盒包裝，蓋上「合格」的印章，每顆賣千日圓，結果銷售一空！你猜誰最買單？答案是當年的考生和家長，誰都希望自己能順利上榜，永不落榜啊！對，這就是故事的力量。讓我們的努力更有價值，也讓聽到故事的人勇敢前行。

第一話

斷尾虎爺

夏若迪先生原是旅行社的高階經理，高薪加分紅，趁著前幾年旅遊業發達時賺了好多錢，不僅出入開名車，還貸款鉅額在臺北買了房子。

他喜歡有歷史文化的老東西，曾經高價買了古玉和瓷瓶，後來經過鑑定全是贗品，害他損失慘重。於是他改逛舊貨攤，買些民藝品、老餐具、二手貨。這些舊東西價錢便宜，買起來得失心不大，因而收藏了好多，堆得滿屋子都是。

無奈一場新冠肺炎疫情席捲全球，病毒不斷突變，傳播力越來越強，導致數十億人感染後咳嗽、發燒、肺部積水，其中近千萬人死亡。各國為了防疫而封鎖城市，管制人員進出，甚至鎖國，禁止外國人入境，害得航空業和旅遊業大受打擊。

他被公司解僱，還負債千萬，只得賣房賣車，租間老屋，換臺破車，經濟狀況簡直是一敗塗地。雖然現在疫情已經趨緩，但想東山再起談何容易，除了上人力仲介網站投履歷表，還每天買報紙看求職欄，應徵卻處處碰壁，他和老婆江夢蝶從此愁眉苦臉，省儉度日。

他們的兒子夏志翔就讀高中三年級，從小沉迷閱讀，喜歡趴在窗臺沉思，賴在床上寫東西。他在週記上寫過「超人失戀尋短記」、「小丸子遊太空」、「卡夫卡今日不想變形」，內容非常精采，卻都是瞎掰的。

志翔的班導師曾打電話給夏若迪說：「你們要留意一下兒子的精神狀態，他好像常常脫離現實。」

夏若迪擔心的問：「老師指的是？」

「他寫的文章很夢幻，脫離現實生活太遠，我是怕他躲在自己封閉的世界，以後難以跟人溝通。」

「會不會影響他的成績，無法上大學？」

「上大學不是問題，不過希望他還是多讀課內的書，那些課外閒書，等上了『好的大學』再看也不遲。」

為此，夏若迪常告誡兒子要用功讀書，要重視功課成績，不要胡思亂想，做人要誠懇老實，但志翔依然故我。

江夢蝶卻認為兒子是難得的「寫作天才」，一直給他零用錢去買書。志翔的書塞滿了三個書櫃還不夠，床上角落、床底下、地板上，到處堆疊著跟膝蓋一樣高的書籍。還好，這些大多是舊書攤買的二手貨，不至於花太多錢。

江夢蝶看在眼裡，笑說：「一個收舊貨，一個收舊書，父子倆同一個模子印出來的。」

這一天夏若迪把報紙一丟，拿雞毛撣子給那些舊貨撣灰塵。

江夢蝶拿著電費帳單來找老公要錢，看見這一幕，以為他自暴自棄，不找工作了，便焦急的說：「你不去應徵工作，還有閒情逸致玩古物，真是玩物喪志。我看你乾脆把這些舊物賣掉，多少換一些錢回來，撐一陣子再說。」

夏若迪正撢著一尊斷了尾巴的虎爺，聽得十分刺耳，一時心煩氣惱，大聲回斥：「不可能！這些都是我的寶貝。」

夏志翔在房間看書聽見了，好奇的跑出來看。

「沒關係，我不管你，你只要能付得起帳單，就算你天天玩舊貨，我也沒意見。」江夢蝶不悅的把帳單往前一遞，「來，這個月電費一共一千五百六十元。」

夏若迪低頭往口袋裡掏，卻只掏出一張五百元和兩張百元鈔。

「不夠。」江夢蝶說。

夏若迪把口袋內裡拉出來，掉出一個十元硬幣。

江夢蝶撿起來，看見那個硬幣上居然被人鑽了一個洞。

她揶揄說：「沒錢就算了，竟然還是個破錢！」

志翔出面打圓場：「那應該是有人找錢時，故意混進去，可是爸爸疏忽沒看仔細，就收下了。是吧？」

夏若迪臉色一沉，冷冷的說：「你們母子都瞧不起我——」

「我不是那個意思，我只是擔心……」

江夢蝶話未說完，夏若迪就奪門而出，她望著老公消失的方向，難過的紅了眼眶。

志翔也很難過，因為爸爸誤解他的意思了。

他愣了半晌，拿走媽媽手中的硬幣，自顧自說起故事：

「有一枚普通的十元硬幣，不知被哪個調皮鬼鑽了洞，就位在人頭右耳邊，從後面的梅花透出來。」

江夢蝶錯愕的說：「你在嘀咕什麼？」

志翔指了眼前的斷尾虎爺，又挺出手中的十元硬幣，說：「我在說這隻虎爺和這個硬幣的故事。」

「這兩樣東西，有關係嗎？」

志翔彎起右手食指並握拳，再把硬幣放在食指節上，接著食指一彈，瞬間把硬幣往空中拋起……

◇ ◇ ◇

有一枚普通的十元硬幣，不知被哪個調皮鬼鑽了洞。那個洞就位在人頭的右耳邊，從後面的梅花透出來。

這麼個有瑕疵的硬幣，注定引起擁有者的關注。由於擔心拿來買東西容易遭到拒絕，人們反而想早早將它花用掉，免得吃虧，於是它就在市井間快速的流轉著……

有一天，一個太太午睡後拉著孩子進文昌廟。

她在供桌上擺好丈夫預備參加地方特考的准考證影本，然後掏錢去買香。香是五十元，這枚有缺陷的硬幣自然是不好敬獻給神明，只好挑用其他的來湊數。

拜完文昌帝君，她去逛菜市場，總想找機會把這硬幣換成糖果餅乾給孩子吃，結果，老闆個個搖頭。這太太真後悔當初沒好好檢查，竟然收了一枚廢物。

進到巷子往家的方向走，孩子拉拉她的裙腳，手指前方，她看見一個衣衫藍縷的乞丐正窩在路邊打盹。

太太皺眉愣了一會兒，心想舉頭三尺有神明，為了幫助丈夫高中金榜，是該做點功德，於是掏出那枚硬幣交給孩子。

「鏘——」太太一點頭，硬幣就落進髒汙的不鏽鋼盆。

不遠處的菜市場旁正發生另一件事。

仁愛西藥房占地不下五十坪，玻璃牆面透出琳瑯滿目的保健藥品。老闆身穿潔白藥師袍展現專業，每當電動門打開，遠遠就見他鞠躬招呼。從老闆殷勤的笑臉可以看出生意不錯，果真一些阿公阿婆買了不少，瓶瓶罐罐往塑膠袋裡裝，千元鈔票在指尖滑舞。

這麼有錢的老闆，應該……

林炳昆低頭思索，手掌搓出微汗。他遠從沙鹿跑來臺中，已經觀察兩天，認定這是最好的開市地點，只是還缺乏那麼一點勇氣。

他的臉皮雖然薄，但要拉下來可真不容易。

他走回機車停放的地方，打起退堂鼓。

可是一切的器具皆已備妥，若是就這麼回家，怕是沒有再試一次的勇氣了。

那可不行，家用就快花光了，過幾天就沒錢吃飯，老婆那債主般難看的臉色，怎麼面對？暑假快結束了，兒子升上六年級，學費又該怎麼辦？

這麼一想，滿腔的無奈便化成一絲漂浮的勇氣。

他深深吸一口氣，提起背帶，套上肩膀，將覆蓋了紅布的東西反揹在胸前。

不對！

他猛然警覺，將東西都放下來，從置物箱中摸出三炷香，用打火機點燃，再摸出一個空盒子。

他的呼吸有點亂，心跳加速。他確實很緊張，以致於之前在腦海中演練的步驟都錯亂了。

他拉開紅布，將香插進香爐，再重複剛才揹物的動作。

拿起空盒時，白煙燻刺到眼睛，逼出眼淚，五官皺在一起。這樣也好，他想，反而有了面具遮掩。

「叮噹！」電動門打開，一股沁涼的冷氣襲來。

「歡迎……」老闆的話在半途凋萎，臉上驚異的表情凝結。只因一個壯碩的中年男子，拿了「賽錢箱」字樣的空奶粉罐，捧著虎爺神像矗立在面前，使他一時不知如何接待。

凍結了三秒，林炳昆終於開口：「神……神明保佑……好心的老闆賺大錢……請添點香油錢……」

老闆意會了，卻後退一步，翹起下巴，搖搖手，為難的說：「啊……這……抱歉，我們這裡沒有在給這個的……」

林炳昆嚥下一口唾沫，一陣暈眩，趕緊低頭退出門外。

他彷彿卸下沉重的木枷，慶幸解脫，卻又感到極度的羞愧，使他想逃，想躲。

炙熱的豔陽下，他很自然的躲進陰暗的巷子裡。視線頓時黑下來，眼力還沒適應，踉踉蹌蹌的，忽然一個腳步受阻，身子前撲，差點給絆倒。

「啊！」林炳昆沒看清，他勾到乞丐伸出來的小腿了。

乞丐睡夢中驚醒，唉唉叫了兩聲。

林炳昆這才明白，趕緊道歉：「抱歉，抱歉。」

乞丐揉揉腿，抬頭看他，驚喜大叫：「耶！我剛剛才夢到土地公，現在眼睛一打開馬上就看到虎爺，真是好兆頭啊！」

林炳昆想離開，乞丐卻拉住他說：「給我拜一下。」

說完就打躬作揖，唸唸有詞：「虎爺將軍保佑，拜託，拜託，讓我生意好一點。」

林炳昆又想走，乞丐說：「等一下。」

他蹲下來摸不鏽鋼盆，然後投了一枚硬幣進賽錢箱。

林炳昆走了兩步，覺得不妥，怎麼可以拿乞丐的錢呢？那不是比乞丐還不如？當初想到這個辦法，至少是用勞力和尊嚴去換錢，怎麼可以接受好手好腳卻不工作，懶惰乞丐的施捨呢？

他拿起硬幣，發現上頭鑽了一個洞，沒再想什麼，就轉身丟回盆子裡。

乞丐先是狐疑，隨即瞪著他大叫：「可惡！狗眼看人低！」

被乞丐罵成狗，林炳昆感覺今天真是倒楣透頂。

他垮著臉繞過菜市場，迴避那些好奇的眼光，找到機車收拾好東西，又把神像擺回腳踏墊上，開著腿騎回家。

另一頭，乞丐受了一肚子氣，發起牢騷。

「乞丐就不能捐香油錢嗎？真是瞧不起人。不要哪一天，土地公給我報明牌，讓我中了大樂透，你們這些有錢人都要跪下來給我磕頭。我一個一個討回來，一個一個討回來……」

說著，想找東西消氣，於是摸起硬幣走出巷子，往藥房去。

藥房邊屋簷下那個烤香腸的攤子，過了三點出來擺攤。

「老闆，一條香腸。」乞丐拿出銅板。

賣香腸的插起一條剛烤好的遞給他，收了錢，乞丐就轉身走人。

賣香腸的發覺硬幣有問題。

「啊……」他高舉右手，聲音一出，堵住了。「算了，一個乞丐。」

林炳昆騎在路上，心神不寧，回想剛剛才發生的，這一生最丟臉的事：被人無情的拒絕，還被乞丐辱罵。如果是以前月領高薪的林炳昆，一定激動的回罵，捍衛自己的尊嚴，但如今……

寄履歷去應徵工作，好不容易有幾家可以面試，得到的答案卻總是「請回家等候通知」，那意味著「回家吃自己吧」！

他的學歷不算差，五專畢業，可是人家看到履歷表上的年齡四十五歲，就會收起笑臉，嚴肅的向他點頭，什麼都不必再問了。

曾經無意間在路邊聽到老婆對舅媽發牢騷，「……每次我回家找不到阿昆都很緊張，趕緊騎車去溪邊尋，去公園找，心裡一直想，他會不會想不開喝農藥？或者是跳河自殺？」

老婆眼眶紅彤彤，舅媽同情的握住她的手嘆氣，一顆白花花的頭使勁的搖。他有一股衝動，想跑過去嚷嚷：「你們未免把我看得太沒有用了！」

其實，他不是沒想過「死」，那種漫無止盡的等待通知，與緊接著而來的焦慮、恐慌和絕望，像燙紅的鑽子一樣鑽人心肝。他承認在「結束自己的生命」這件事上他是「沒有用的人」，萬一沒成功，不是要被人笑死。

老婆又說：「幸虧祖先有留半分地下來，我多少種一些青菜，自己吃，也擺到黃昏市場去賣。但你也知道，那幾把菜可以賣多少錢？還不都是靠先前的遺散費。還有，我去阿明那裡幫忙剪檳榔，多少賺一些……」

年初的時候，兒子放完寒假要繳學費，加上兩個月的午餐費，不過三千多元，他拖了兩個星期才給。沒多久，兒子拿回一張單子叫他簽名，說以後的午餐費可以不用繳了，老師幫忙申請清寒補助。

他不敢簽，因為兒子低著頭，狠狠的瞪著地上，倒是老婆搶過去簽了……

這時，老婆的聲音又在腦中響起。「唉！我都不知道要怎麼做人了。半年多了，他每天愁眉苦臉不講話。好心問他，你工作找得怎麼樣？他就使性子，說我給他很大的壓力；好啦！久久都不去問他，他又嫌我不了解他的痛苦，不關心他，兩人又會吵架。我當然知道他的痛苦，可是他是一家之主，我沒錢買米，當然找他討啊！如果不是為了孩子，我都想說乾脆離婚算了……」

「叭——」

他剛經過一個路口，沒注意燈號轉換，差點被小貨車攔腰撞上，嚇出一身冷汗。

剛才的市中心這邊，有不同的戲碼在上演。

大熱天裡，香腸攤的生意不好，倒是手搖冷飲店門庭若市。

一位白襯衫打領帶跑保險的青年，買了十杯紅茶，正跨上機車要回公司。太渴了，他忍不住先喝自己的那杯，兩三口吸光光，冰涼暢快。

可是涼茶下肚，才想到中午跑客戶，一急忘了吃飯，胃裡悶悶的。他左看右看，看到「一條十元」的小牌子，是個香腸攤。

「老闆，來一條香腸！」

他心想：十杯紅茶是兩百元，處經理給的一千元找回八張一百，多花十元買香腸吃，應該沒關係。唉！自己上個月業績仍掛零，而人家月薪少說有三十萬。如果真問起來，就說自己喝的是波霸紅，一杯是三十元，處經理應該不會計較吧！

他得趕快買了吃掉，一群人還等著飲料開會呢！

他給了一張百元鈔，賣香腸的在錢袋子裡摸了一會兒，找他四個十元和一個五十。

他接過一把硬幣，數了一下，挑出一個說：「老闆，這個……」

「啊！抱歉啦！剛好剩這幾個。」

他把手收回來，想說區區一個硬幣算什麼？人家處經理可是有錢人呢！

於是，他吹吹香腸，趁熱吃下肚。

林炳昆越過濃密的芒果樹隧道，進入了村子，一時不敢進家門，繞到村尾公園內的老榕樹下發呆。

回想之前，他待的製鞋公司因全球景氣大衰退而關廠，到現在已經快一年，領到的遣散費不過十幾萬，要不是之前有存錢，老早就喝西北風了。他裁鞋底的技術老練，以前訂單滿滿時，趕工加班，一個月可以賺到四萬元，然而，工廠關閉之後，他就很難找到工作了。景氣太差，各地工廠裁員的一大堆，像他這樣沒工作的工人很多。

公園裡聚集了很多人，有打赤腳的，也有打領帶的，下棋的下棋，抽菸的抽菸，個個裝作若無其事，甚至裝瘋賣傻，其實心裡都在唉聲嘆氣。

有一次他看見有人跳進水池，撈出裡頭肥美的吳郭魚，當場就拿出瓦斯罐和爐子，在樹下煮魚湯吃。幾個人有樣學樣，紛紛下水，最後為了搶魚打架，驚動警察前來處理。他看到地上散落一堆魚骨，一陣心酸。

要做小生意嘛，不知賣什麼好，也沒本錢，去找誰借呢？也有朋友找他合作開連鎖飲料店，看準天氣熱，大家都想喝點涼的。可是知名店家的加盟金至少一百萬起跳，這得賺到民國幾年才能回本，而且聽說飲料市場很競爭，若是自創品牌，根本很難受到客人青睞。

雞排店、早餐店、滷味攤、豆花店、嫩仙草專賣店……，都是一樣的道理。

不行！再這樣耗下去是不行的，再這樣下去……

想來想去，林炳昆終於想到，床底下有一尊斷尾的虎爺神像，可以拿來用用。

那是很久很久以前大家樂流行時，很多人恭恭敬敬的立了神像，每日燒香磕頭求「明牌」，不是記錄夢境去聯想，就是觀察香爐理的香灰顏色和形狀，然後穿鑿附會出「中獎號碼」，花大筆錢下注。開獎後「損龜」了，損失慘重，便怪罪神明出錯明牌，進而破壞神像來洩憤，並丟棄到溪邊。他小時候到溪邊釣魚看見這尊落難神像，覺得漂亮，撿回來藏進床底，久了也忘了去理它。

前幾天，他在村子繞兩圈，撿了一個空的奶粉罐，用油性筆在上面寫上「賽錢箱」。又去撿回廢棄的木材，釘一釘，再綁上背帶，安上虎爺和香爐，完全免費。

可是現在，可惡啊！花了那麼多時間精力，又頗有創意的東西，竟然賺不到一毛錢，可真是嘔人。

不行！他不甘心，騎上車回到家。

「你跑去哪裡了？整天都沒看到人。啊，你帶這尊虎爺去哪裡了？」老婆從房裡出來怪罪的說。

「我在賺錢啦！別囉唆！」

他脫去汗衫、短褲和涼鞋，幾乎光著身子躲進門簾後。

他取來一塊小板子，又搜抽屜，找出兒子的水彩用品。

宏偉的辦公大樓內，做保險的那個青年雙手提飲料，奔入辦公室。

處經理拿到找回的錢，眉毛揚了一下。

「小李……」處經理發現錢數有異，還有那枚怪硬幣，但裝作鎮定無事。「趕快，開會了。你快去叫大家過來。」

小李很快召集人員，開始就個人的業務進度進行檢討。

會議才進行不到十分鐘，處經理的手機響了，他接起來。

「喂……」處經理望大家一眼，「你們等我一下。」

會議被迫中斷，處經理轉身講電話，但沒三十秒就掛斷。

「小李。」他說，「你不用開會了，你去幫我買燕窩。我老婆說，我丈母娘愛吃的燕窩罐頭吃完了。」

「好的。」小李站起來，「去哪裡買？」

「就你買飲料的對面，那一家藥房。」

「什麼牌子的？多少錢？」

「你就說要買一罐四百五的燕窩，老闆就知道了。你買一盒，有六罐，特價是兩千五百五。」處經理掏出錢包，拿出兩千塊和一張五百，又倒出剛才那些硬幣，看看五十元，又數十元的。「這個怪硬幣把它用掉，這裡有四十元，小李，你幫我出十塊錢。好了，繼續開會，我晚上還得陪林總吃飯應酬，快一點。」

「喔！」小李忍著委屈，伸手進口袋掏錢……

快六點了，藥房老闆送走客人，拉下一片窗簾，遮擋斜射的日光。

忽然，電動門又開了。

林炳昆再次站在門口，穿著應徵時的襯衫、領帶和皮鞋，揹捧著虎爺像。只不過虎爺的背後多了一塊白色的立牌，上面用紅顏料寫了三個字——「財神爺」。

這一回，他理直氣壯的說：「財神爺保佑，保佑好心的老闆賺大錢。」

他不是不到別的地方試試，而是在同一個人面前丟臉兩次，總比在兩個人面前丟臉好。所以他想，要個賴，如果能扳回一點裡子，總是賺到。他算準了，哪個生意人敢將財神爺趕走，那不是跟自己的「錢途」過不去？

老闆看了看，不耐煩的皺著眉心問：「虎爺也能當財神爺嗎？」

「我的虎爺是咬錢虎，當然是財神爺。」這是林炳昆回來的路上早先想好的說詞。

老闆癟著嘴，心想，總得把他打發走，可又不能讓他空手而回，免得又來騷擾。剛剛賣了兩千多元的燕窩，淨賺九百多，雖然收到一個有洞的怪硬幣。

對了！那個奇怪的十元在哪裡？剛剛還好奇的對著日光燈研究了一下。

他回到收銀臺，挑出那枚硬幣投入賽錢箱中。

「好了，好了，咬錢虎，就讓你咬去吧！我已經捐過香油錢了，就這麼一次，拜託不要再來了。好嗎？」

林炳昆十分欣喜，他成功了，雖然他知道不多，可是畢竟奏效了。他開市了，有一就有二，無三不成禮，他對將來燃起希望，心裡總算平衡不少。

「多謝老闆，多謝老闆，財神爺絕對保佑你賺大錢。」

林炳昆退出店外。

電動門關閉後，炭烤的香味撲來，林炳昆嘴巴裡感到一陣酸。沙鹿距離臺中來回近兩個小時的車程，這麼一折騰，竟到了晚餐時刻，肚子也咕咕叫起來。眼前不正好有一攤烤香腸嗎？

他欣慰的拿起硬幣，卻發現觸覺不對。他疑惑的送到眼前端詳。

咦？這枚硬幣好眼熟，似乎在哪裡看過。

「喔——」很快的，他想起來了。

可是在那一瞬間，他的臉紅燙得像燃燒的夕陽，腳底黏了膠，不知該怎麼邁出去。

◇ ◇ ◇

「講完了。」志翔說。

江夢蝶愣愣的蹲下來，撿起沙發上的報紙。

求職欄上滿滿都是紅筆畫的圈圈，她激動的說：「糟糕，我錯怪你爸爸了。」

「咳！」是夏若迪，他從半掩的大門後面站出來。

志翔轉頭望媽媽一眼。

江夢蝶一臉歉意，苦笑說：「我以為你離家出走了。」

「這是我的家，我為什麼要出走？」夏若迪亮出手上的鈔票說。「我是去車子裡拿錢，我記得裡面還有兩千元。拿去。」

江夢蝶收了錢，悠悠的說：「我剛剛在想，我不該把經濟重擔全賴給你，我也該出去賺點錢。」

「好啊！我沒意見。」夏若迪又說：「其實，我本來也打算把這些舊貨古物賣掉一些，所以才抽空清一清的。」

江夢蝶想了想，建議：「賣給回收商通常拿不到多少錢，不如去舊貨市場自己擺個攤子。」

「我也是這樣想，只是有一點捨不得。」

「爸，」志翔安慰他，「沒有什麼東西是永遠屬於誰的。」

「你厲害喔，有學問。」夏若迪點頭稱許。

「老公，你要升級當老闆了，恭喜你。」江夢蝶眨眼睛，似乎給自己臺階下。

「你呀！以後說話客氣點。」

「對不起嘛！」江夢蝶往老公身上靠，試著撒嬌。

夏若迪笑笑，捧起地上的虎爺說：「對了，志翔，剛剛你講了這隻虎爺的故事，你是從哪裡聽來的？」

志翔不好意思的搔搔後腦勺。「那是我自己瞎掰的。」

「啊？」夏若迪好意外，「不會吧！」

江夢蝶挺出大拇指，嗲聲的說：「我的好兒子，掰得真好。」

「哈哈哈！」

一場衝突就這麼化解了。

只是萬事起頭難，從來沒有做過生意的夏若迪，對於能不能順利的把這些舊貨賣出去，實在沒有把握。

由於夏若迪以前常常逛舊貨攤，因而認識了幾個攤子的老闆。他到處去打聽，幾天之後，終於在平日常去的一個舊貨市集，租了一個小攤位，並且把一些賣相較好的東西，用小轎車載到那裡去展示。

從一個旅行社的高級主管，變身為路邊攤的小販，夏若迪承認，內心著實需要一番心理建設。不過，還好舊貨這東西隨人喜好不同，某人視為垃圾的東西，對另一個人而言可能是無價之寶，所以不需大聲叫賣。

他特地選在週六開幕，心想假日人潮多，可以有個好的開始。如果第一天就有人買，開市了，那麼就是個好吉兆。可是萬一都沒人光顧，那麼他將會非常絕望。

一切都布置好了，他興奮又緊張，既期待又怕受傷害。

他忐忑不安，手心開始冒汗。

第二話

紫砂茶葉罐

夏若迪的舊貨攤在星期六開幕了，這附近有菜市場、辦公大樓和社區大樓，人潮很多，他興奮又緊張的期待顧客上門。

可是，有好幾次客人盯著某個東西，他主動告訴對方這東西有多好多好，還說了非常便宜的價錢，客人卻頭也不回的跑了，彷彿受到驚嚇。

他觀察附近的老闆，每個都靜靜等候，不是看報紙，就是聽收音機；而且他還注意到，除非是客人主動問價錢，他們才站起來回話。他開始跟著這樣做，果然不再嚇跑客人。

然而，這樣非常沒有成效。即使人潮很多，但逛的多，問的少，一整個上午都快過去了，什麼東西都沒賣出去。

想到未來，他又開始焦慮起來。

接近中午時，志翔跑來找他。

「爸，給我二十元，我要買原子筆。」

「你就愛亂寫東西，浪費墨水。」沒有生意，夏若迪很煩惱，兩手一攤。「今天還沒賣出東西，生意差到爆，你想要錢就自己賺。」

「什麼意思？」志翔不懂。

「你來幫忙賣東西，就有錢啦！」夏若迪半發牢騷的說。

「好啊！」志翔覺得有道理，爽快答應。

不久有個披西裝外套的男人，牽著一個漂亮的女生走過來，像是一對情侶。男人表情嚴肅，眉頭深鎖，一語不發，女生顯得有些不耐煩。

男人往攤子裡東看西看，卻心不在焉，女生說：「你上班時間把我找出來，卻什麼話都不說，你到底是怎樣？你再不說，我可要生氣了。」

男人抿抿脣，痛苦的哼出一口氣，「好吧！我老實跟你說。」

女生抬起頭，熱切期待著。

「他們要我一起拿建商的回扣。」男人閉起眼睛，輕聲的說。

女生的眼睛突然張得很大，聲音卻壓得很低：「建商的賄賂？要你故意在法規上放水，好給他們獲利？」

志翔手拿抹布，假裝在擦東西，耳朵卻豎起來，仔細聆聽。

「沒錯，如果只有我不拿，以後不但會被排擠，可能還會喪失升遷的機會，今年的考績恐怕要被打乙等了。」

「你是公務員，這可是圖利他人，又是貪汙。」

「我知道，不過這種模式行之有年了，不曾被舉發，倒也是各取所需，相安無事。」

「萬一東窗事發呢？」

「可是，美美，有了這筆錢，我就可以付房子的頭期款。你爸說，如果我想要娶你，最好先有房子……」

「如果你被抓去關，剩我一個人看家嗎？」

「你也知道現在房價那麼高啊！」

「哼！你……」

女生生氣不講話，男生也因此閉嘴了。

志翔拿起身邊一個紫砂茶葉罐，大聲問：「爸！這個茶葉罐是不是上次某縣長貪汙，被查到用來藏放贓款的那個罐子？」

夏若迪感到莫名其妙，不高興的說：「你在胡說八道什麼？」

「啊！錯了，我忘了，三十萬的贓款是放在一個鐵罐子裡。這個紫砂茶葉罐是製茶的盧師父，用來表明氣節的東西。」志翔自顧自的說。

那個男人聽到贓款，嚇得拉女友的手要離開。女生卻把他扯回來，問志翔：「這位小弟，你說表明氣節，那是什麼意思？」

志翔說：「這是製茶的盧師父留下的茶葉罐，至於氣節，那說來話長，有一段故事，你想要聽嗎？」

男人又拉女生想走，女生甩開，瞪他一眼，鄭重的對志翔說：「我、們、很、想、聽。」

看那個男生悶著氣卻不敢動，志翔緩緩的說：「那得先從上班族陳智文先生開始說起了……」

◇ ◇ ◇

陳智文喜歡飲茶，也嗜吃梅子，尤其是茶梅。

茶葉芬芳甘醇，梅子酸甜鹹澀，都是人間好滋味，而結合兩者的茶梅，更是錦上添花，多重享受。智文一向認為茶梅是藉高雅茶香妝點梅子的家常風味，使梅子雅俗共賞，世間沒有比它更巧妙的滋味了。

直到他幾番和盧師傅深談之後，漸漸有了不同的看法。

智文會認識盧師傅純屬偶然。

一次因公務出差而路過南投水里上安村，他看見路邊有一座觀光茶店，心中狐疑：「只知道鹿谷烏龍茶名滿天下，沒想到水里也產茶？」

他既然是愛茶人，當然下車一探究竟。

店內擺設與一般店家差不多，就是中間一張原木大茶桌，大約可供十人圍坐，架子上擺放一列列的包裝茶和幾個大茶桶，比較不同的是，另一側還陳列著梅子製成的蜜餞產品。

他看見茶罐標籤上印有「勝峰茶」三個字，頗感訝異。心想，是我孤陋寡聞了，不知臺灣茶業發展蓬勃，新品牌、新產品如雨後春筍，而我竟然都不知道。

「歡迎，請坐。」站在茶桌後面招呼他的是一位精壯黝黑的老闆。

見智文進門，老闆便放下手中閱讀的書本。智文偷瞄封面，是一本《金剛經》，不覺生出好奇。

老闆大約四十出頭，略微靦腆生澀的微笑，令他感受到鄉下人純樸真誠的情味。

陳智文說：「老闆，『勝峰茶』是新產品嗎？怎麼以前沒聽過。」

「說新不新，也有幾十年了。是政府這幾年輔導經營，才開始打出名號。」老闆說：「請喝喝看，我們的高山茶滋味不錯喔！」

說著，他已經熟練的為智文斟上一杯騰著白煙的香茶。

茶湯金黃如琥珀，一股暖暖的幽香鑽入智文的鼻竅，他輕搖下頷，吸取更多芬芳，並緩緩將那瓊漿玉液送入口中。

那茶味醇厚，甘中微苦，如林中幽泉順喉而下，輕快舒暢，隨後轉甜，一種蜂蜜似的回甘在舌根漂浮蕩漾。不過，另一股特殊的滋味隱隱潛伏，已然驚動他的味蕾。

「好茶，好茶。」他張大眼睛，點頭微笑，隨即又皺眉，輕聲說：「可是……」

「可是怎麼樣？」老闆驚訝的望著他。

「該怎麼說呢？」他低眉四顧，努力從腦海中搜尋妥當的詞彙。「一般在這種熱天裡，喝好茶能讓人感到淋過一場香浴，五臟六腑在溫熱的茶湯洗滌之後，會生出清涼感。可是我剛剛卻又嗅到一絲絲夏日閣樓裡的燠熱……」

原以為老闆會因此拉下臉，想不到卻是聽得興味盎然，連忙掏出葉底，泡上另一壺新茶，熱切的說：「試試這一泡。」

智文靜下心，重複先前的舉動，再次品嚐茶湯。

一入口，智文猛抬頭，興奮的說：「這是真正的好茶！」

老闆出其不意的站立起來，與他握手，笑得合不攏嘴，說：「抱歉，抱歉，我不是故意拿次級品來敷衍客人，那第一泡茶是烘焙時火氣過了一點，一般客人喝不出來。你是行家，失敬，失敬。」

第一次有人讚美自己是行家，使得智文陶陶然。他客氣回說：「沒有啦！我不過是很用心去體會罷了。」

「唉！如果每個喝茶人都像你這麼用心，我們做茶人再辛苦都值得了。」

「老闆，你的意思是……」

「我姓盧，就叫我盧師傅。我是個製茶人，不是生意人，不要叫我老闆了。」

「盧師傅。」智文點頭，彷彿重新認識一個人。

「你說的用心體會非常重要。臺灣茶藝這幾年蓬勃發展，茶葉消費量很高，一般喝茶人也很講究，追求高品質的高山茶。不過這種講究也花費在茶具上——景德宜興，紫砂金胎，加上杯杯盤盤，搞得花俏極了，像辦一場嘉年華會。喝茶時還要配上優雅的國樂，如此眼觀五色，耳聽五音，以為就是藝術欣賞了，實際上心神分散，無法專一，真正品嚐到的茶味有幾分呢？」盧師傅振振有詞說著，宛如一位飽經風霜，憤世嫉俗的老者。

鄉下的製茶師傅有如此精闢的見解，真是令人驚奇。

盧師傅又指著桌上的茶壺說：「就拿壺來說吧！身、嘴、把、流、蓋，這些條件具足了就能泡出好茶，而養壺的痴人，又要追求土質、造型、年分、製壺師，養出一身的茶光。茶本是給人喝的，卻拿去養壺，哪還管喝茶呢？好壺一把就夠了，收藏那麼多，從變化中得到鮮巧刺激，藉著擁有物質來填補空虛，又跟品茶何干？還有人提倡香道，在飲茶的時候品香，茶香、檀香混為一氣，真是糟蹋了好茶。」

盧師傅看智文聽得專注，似乎孺子可教，便帶他到屋後參觀茶園和工廠，一一解說製茶甘苦，彷彿視他為知己。

智文想起店內的梅子，問：「你也賣梅子嗎？」

盧師傅答：「後山過去，父親留下一片梅林，所以也醃梅子來賣。現在梅花盛開，要不要去賞梅？」

「太好了，求之不得。」

兩人走過後山，一片芳香撲鼻而來，放眼望去，整片雪白光輝。橫豎交疊的老枝新幹上鋪滿白梅，有的俯嘆，有的仰望，有的凝觀，有的痴疑，各有嬌美姿態。蜜蜂嗡嗡，粉蝶凌亂，讓人目不暇給。

智文如入仙境，看得嘴巴都忘了合上。

臨走前，智文從貨架上拿了一斤「金萱茶」，還想買茶梅，卻遍尋不到。架上有脆梅、奶梅、話梅、紫蘇梅、鳳梨梅，就是沒有茶梅。

他問：「盧師傅，你自己做茶，怎麼沒賣茶梅？」

盧師傅衝他一笑，搖頭說：「茶的個性不該醃梅。」

智文聽不懂，但看看手錶，已耽擱不少時間。公務在身，他沒能細問，便隨手拿起紫蘇梅後掏錢離開了。

回家之後，每次泡茶，智文必然想起盧師傅。

他改去以往一邊飲茶，一邊聽音樂的習慣，轉而沉澱心緒，閉目思索，果然體會出茶湯中更多細微的滋味。

公司業務繁重，同事之間紛爭擾攘，盧師傅的茶是他下班後洗滌心靈的甘露清泉。

數月之後，他得空前往水里找盧師傅買茶。

兩人說到茶湯滋味，智文又有一番特殊見解。

他說：「初嚐有如花香，入喉有果香，回甘時見奶香，我所用的詞彙乃是參考諸多茶書，歸納而成。」

「好厲害！」盧師傅誇獎他，卻又不免砥礪他說：「你喝出了茶味、茶品，如果能再喝出茶心，那就更好了。」

「茶心？」智文倒是第一次聽到這名詞。不過他沒追問，因為他知道那是盧師傅送給他的、有趣的謎題。

這一回，智文買了一斤茶，盧師傅另外送他半斤。他原不好接受，盧師傅卻說難得遇見專心品茶的人，堅持要他收下。

推辭之間，智文忘了買梅子，也忘了問盧師傅為何不做茶梅。

還有那一句「茶的個性不該醃梅」，究竟是什麼意思？

那陣子公司事務繁忙，許多大案子接連進行，忙得人仰馬翻。

智文負責客服工作，夾在客戶、上司、同事和下屬之間，平日交際應酬，假日加班，回到家倒頭便睡，一時冷落了盧師傅的金萱茶。

等一切塵埃落定，重拾壺盞沉浸茶香，已然半年有餘，回想忙碌的日子，業績驟升，獎金滿滿，然而心中不但不踏實，反而多了深沉的空虛。

面對客戶，他表現出額外謙卑的禮節；面對老闆，他唯唯諾諾，積極表現；在下屬前，他時時發洩不滿，嚴苛要求；在同儕間，他偽裝掩飾，不敢露出鋒芒，暗中卻與人較勁，激烈競爭。

為了生存，不斷變換角色，有時甚至分不清哪一個是真實的自己？生活的目的又是什麼？他不免疑惑。

一年後，他又重返水里，卻發現茶店已然換了老闆，變成一位年輕太太，貨架上只有茶葉，沒有梅子。

他驚訝的詢問盧師傅去向，年輕太太說：「之前的盧先生不再做茶了，茶園賣給我們，他到山下賣梅子去了。」

「山下，哪裡？」

那位太太搖頭說：「不知道，到處去吧！很久沒見到他了。」

智文不禁疑惑，盧師傅表現出對茶的鍾愛，為何突然放棄自己喜歡的工作？梅子的利潤應該不及茶葉，為什麼專賣梅子呢？那一手製茶的好功夫不是可惜了嗎？

諸多問題伴隨他下山，然而茫茫人海，他也無處可尋，自然是得不到解答。

後來的日子裡，他到一般茶葉行買茶葉，雖然也曾買過來自水里的「勝峰茶」，但不是出自故人之手，品嚐起來總覺得少了一味。

有一天，他到商場閒逛，看到一個賣梅子的攤位，想起好久沒吃的茶梅，於是上前購買。

攤子上沒有其他客人，老闆背對人群低頭看書，智文自顧自尋找，卻找不到茶梅。

他想詢問老闆，一抬頭看見他書上的文字，個個都是碩大的宋體字，那經摺裝的樣式分明就是一本佛經，他腦中有如撞入一顆明亮的慧星，驚喜大叫：「盧師傅！」

那老闆回頭，與他四目相望，愣了半晌，終於咧開嘴大笑。

「唉呀！怎麼是你？」

盧師傅與智文閒聊，但商場太喧鬧，索性提早收了攤子，兩人到附近一家茶藝館好好的敘舊。

盧師傅從小貨車裡拿出一個密封的陶罐，說：「這送你，我去年做的最後一批茶，所剩不多了。」

「這怎麼好意思？我還是跟你買吧！」

「呵！你忘了，我不賣茶了。」盧師傅笑說，「你一定要收下，我的茶遇見你，是它的福氣呀！」

盛情難卻，智文只好欣然接受。

水煙蒸騰，茶香飄起時，智文問：「怎麼不做茶了呢？」

「唉！寂寞啊！世上真正懂得品茶的人有幾個呢？半年前我大病一場，病床上，我反省多年來製茶的生涯，對人生有了新的體悟。」他微笑，笑中帶著苦澀。「眼睜睜看著客人將我精心製作的茶葉，粗率的泡成湯水，囫圇吞入肚中，我就會心疼不已。許多客人迷信高價茶，覺得我的茶價位太低，不值得購買，於是我把相同的產品提高一倍售價，反而使他們很高興。可是這種事，我做得很心虛。」

盧師傅寧願捨棄利潤豐厚的茶葉，而屈就這盈收微薄的梅子，就只是因為寂寞嗎？或者心疼茶葉被人粗心對待？還是為了內心不安？

智文不懂，問他：「難道賣梅子就不寂寞嗎？」

盧師傅凝視他半晌，又低頭皺眉不語，似乎無法形容心中感受。

「為什麼茶的個性不該醃梅？」智文終於提出懸在心中已久的困惑。

盧師傅嘆口氣說：「茶葉採收之後，經日光萎凋，內在發酵，蘊藏芬芳，就像是寶盒中的明珠，光芒來自內身。飲茶人心越靜，茶越香，如同室越暗而珠越明。而梅子採收之後，先殺青去苦澀，留住酸性，外爍鹹甜，泡在鳳梨裡面就是鳳梨梅，泡在紫蘇裡面就是紫蘇梅，泡在檸檬裡面就是檸檬梅。梅子附和別人，而茶葉最怕的卻是雜氣，叫梅子吸收茶香，卻讓茶葉沾染梅子的酸澀，這種事我是做不來的。」

聽到這兒，智文心中忽然被什麼東西觸動一下，感覺有點疼。

他陷入沉思，想起這幾年來過著庸庸碌碌的生活。在公司中與人應對進退，往往必須隱忍心中不悅，換取表面和諧。得意時不可張揚，以免遭嫉；失意時不可悲傷，表現坦然，免得他人落井下石。然而酸、甜、苦、鹹點滴心頭，嬉、笑、怒、罵卻身不由己。是否他也和那梅子一樣，失去自我的本性，隨類賦形，而與人合汙？

他倆沉默良久，各自想著自己的心事，只有燒開水的大壺嘴咕嚕嚕的叫個不停。

原本智文想勸他，不必在乎喝茶人是否真心品茶，茶葉賣得好，許多人喜歡喝，那就好了，何必要求客人那麼多呢？但是想想自己的生活，他畢竟沒說出口。

是無奈吧！在忠於自己和迎合別人之間，在追逐快樂和減低痛苦之間，不論如何抉擇，似乎都無法避免要付出代價。

與盧師傅道別時已是午夜，明亮的星子一顆顆浮在夜空中，夜風涼如冷水，令人不禁微微顫抖。

智文回到住處，躺在床上卻是輾轉難眠，腦海裡一直浮現盧師傅的話，並伴隨茶葉和梅子的影像，彷彿舌蕾上也嚐到茶湯的香醇和梅子的酸澀。

看著床頭櫃上的紫砂茶葉罐，他不禁微笑。

現實環境逼人就範，然而他確信，明日醒來，他會有一點點的不同。

「茶與梅，真好聽的故事。」女生說：「我要買這個陶罐，多少錢？」

「爸！客人在問，這個多少錢？」志翔問。

客人在問價錢了，夏若迪喜出望外，興奮的說：「這個你們要的話算六百就好。」

男人問：「你買這個做什麼？」

「我要送給你的。」女生口氣裡還有氣，「我要你每天看著它，好好警惕自己。」

女生從背包裡掏錢，男朋友馬上從皮夾拿出六百元，搶著付錢。

男人捧著茶葉罐，誠摯的對女友說：「我懂你的意思。」

「加油，就算你被調職或解職，我都會陪著你。頂多我們自己創業，做點小生意，平平淡淡過生活。我可不想每天提心吊膽的過『有錢的日子』。」

「嗯！」

女生開心的拉著男友的手臂，離開了。

夏若迪望著他們的背影，欣喜的說：「哇！開市了，開市了，太好了。」

他數數鈔票，難掩興奮：「我剛才也聽到他們的對話，夏志翔，你今天做了一件功德。對了！這個故事是哪裡聽來的……」

夏若迪回頭一看，志翔已經從他手中抽走一百元，一溜煙跑去買筆了。

夏若迪回想，當初這個紫砂茶葉罐是在賣場清倉拍賣時，連同四件紫砂壺一起買下，總共花費五百元，平均一個成本才一百元。志翔所說「茶梅」的故事，明顯是瞎掰的。

他心裡矛盾，高中生說謊，不好吧？可是兒子成功賣掉商品，還讓買家滿意，甚至阻止人走上歧途，這……

正煩惱著，志翔跑回來找錢給他。

夏若迪沒接過，另外掏出兩百元說：「不用找了，那個紫砂茶葉罐，我本來只想賣三百元，故意提高售價給人殺價，誰知道他們會那麼大方。所以嘍！多出的這三百元給你當零用錢。」

「謝謝爸爸。」志翔收下錢。

「哈！想不到你油嘴滑舌的亂掰，還有人會信哪！」

志翔辯駁：「不！那叫做『故事行銷』。」

「你哪裡學來的財經術語？」

「我看很多書，不只財經，還有文學、哲學、歷史、地理、物理、化學、天文、生物，什麼書我都愛看。圖書館的報章雜誌我也看，我什麼都知道，我也什麼都能賣。」

「少吹牛了。」夏若迪對兒子的狂妄不以為然，「除非你再賣掉一樣東西，我才相信你。」

夏若迪想用激將法測試兒子的能耐，另一方面也希望再賣出一樣東西。

志翔說：「我可以留下來顧攤子，但是要等一下。」

「幹麼？」

「我剛才在二手書店看到一本書，想去買來看。」

「好吧！快去快回。」

志翔跑去買了書。

回來後，父子倆吃過午飯，志翔看書，爸爸整理舊貨。

天氣清朗，涼風徐徐，志翔半躺在靠背鐵椅上，躲在涼傘的遮蔭下，愜意的沉浸在書中世界。

「老闆！有沒有法器？」一位年輕的長髮小姐，低頭在攤子前尋尋覓覓。

「髮器？你是指髮夾、髮箍之類的嗎？」

志翔抬起頭，看看客人，發現她身子瘦弱，神形憔悴，頭髮沒有梳理，兩個黑眼圈又深又重。

「不！不是頭髮的髮，是作法的法。」小姐的表情很急切又很堅定。「法器，作法用的神器，不管是和尚、道士還是驅魔的神父用的都好，針紮草人也行。」

夏若迪微笑搖頭：「抱歉，那些東西我這裡沒有。」

小姐難掩失望。

「請問您是要做什麼的？」夏若迪問。

小姐雙手握拳，眼睛溼潤，呼吸也變得急促：「告訴你也無妨，我要報復。」

「報復？」夏若迪好驚訝，志翔也放下手中的書。

「我跟我的男朋友交往了兩年，上個月他突然避不見面，也不接我電話，後來我到他家堵他，他才支支吾吾的說要分手。」小姐鼻子一抽，流下兩行淚。「我對他那麼好，付出我的全部，他卻無情無義……我不甘心，我要他付出代價……」

「是有第三者嗎？」夏若迪小心翼翼的問。

「嗚……哇……」小姐淚水大爆發，點點頭。

「太可惡了。」志翔放下書本，走過來。「爸，我們有一個法器，你忘記了。」

「哦？」夏若迪刻意裝出驚訝的樣子，他知道又有好戲要上場了。

第三話

黃銅小香爐

志翔從舊貨中捧起一個小香爐。

「登登登登——」志翔把香爐捧過頭頂，刻意搞笑，好緩解這悲憤又肅殺的氣氛。「就是這個，黃銅小香爐。」

小姐的眼睛為之一亮，忘了哭泣。

那個香爐，蓋子上的扭子設計得很高，夏若迪為了存放方便，把蓋子倒扣，因而露出底面燻黑的焦油黑炭。

夏若迪伸手要去翻好蓋子，志翔卻嚴肅的說：「不，別破壞目前的休眠狀態！」

小姐擦去眼淚，好奇的望著香爐，愣愣的說：「這香爐有什麼法力？」

志翔認真的回答：「不可思議的神奇法力。」

夏若迪努力忍著笑，他知道兒子又要瞎掰了。

志翔收起下巴，微微一笑，詭異的眼神從小姐前方，瞄向椅子上剛剛放下的那本書——《泰國首席女鬼．幽魂娜娜》。

◇ ◇ ◇

市區精華地段的一棟辦公大樓內，傳來一陣咆哮。

「你今天給我加班，明天一早我要看到完美的成品，否則小心你的考績……」經理暴怒的把文件往上一扔，紙張如天女散花翩翩落下。

又挨罵了！曉鈴蹲在地上慌亂撿拾散落的企畫書。

經理又開罵：「真是敗給你了，這麼簡單的邏輯你都不懂，行銷目標也搞錯。這已經不是你第一次犯錯了，每次企畫書送來，不是這裡有問題，就是那裡有缺漏，你這腦袋真是，裡面裝的到底是豆腐還是爛泥……」

那斥責像瘋犬亂吠，像槍林彈雨，曉鈴沒有反擊，只想閃躲，根本不敢去聽。曉鈴自認能力不差，但個性太軟弱，即便人家雞蛋裡挑骨頭，她也只能吞忍。

她知道極力辯駁的後果，非但不會讓強勢的經理妥協，反而會回敬她更大的屈辱，因為他壓根瞧不起私下嘲諷是「敗犬」的單身女子。

是的，她是「敗犬」，有過三段感情，都慘痛收場。

第一個在大學時代，對方畢業後出國留學，信誓旦旦說回國後會娶她，但是才離開一個月，就不回她的電子信件，一段純純的愛戀很快無疾而終。

第二個男友一開始對他不錯，還曾經提議合租公寓。她興沖沖簽了約之後，對方卻反悔，害她一人負擔兩人的房租。她本來很生氣的，但男友向她道歉，不停說好話，她就心軟吃下悶虧。而那個男人，後來竟跑來向她借錢，她不借他，他還惱羞成怒，口出惡言，真是遇人不淑。

至於第三個，那是她最沒有勇氣去回想的人了。他帶給她的傷痛是那麼劇烈，那麼沉重，要她花費整整一年的時間，才成功的將他暫時淡化成隱形人，驅趕到記憶的邊疆……

除了夜深人靜時暗自哭泣，然後繼續舔舐自己的傷口，還能如何？

是不是男人都吃定她這種弱女子？所以經理在她面前，也是那般強勢無理。難道一切都是自己的錯？

這一晚忙到十點半，塗塗改改，不停的揣測經理的需求，曉鈴糾結的眉心未曾片刻鬆開。

回程在捷運上，她疲累的坐在一角打盹。

不知何時，身旁竟有一個男子坐下，並且悄悄挨近她。

她下意識的往旁邊移開一些，但那個男子又靠過來，她只好閉起眼睛逃避尷尬。

忽然，她覺得背後有東西碰觸著。她驚訝的張開眼睛，發現是那個男子把手放到她的臀部後面，然後假裝若無其事的在偷摸她。

「啊！」她又氣又惱的彈跳起來。

車廂內只有寥寥幾人，她感到孤單無助，甚至沒有勇氣回頭去細看那人的長相。

她走到前兩個車廂，等到下一站車門開時，速速逃離。

她噙著淚，心想，真是倒楣的一天，今晚又要難眠了。

回到家已是十一點，管理室有她的包裹。

她領來打開一看，裡面是一張符紙、芭比娃娃、黃銅小香爐、多色綜合的線香，還有一份說明書。

「啊！對了，幾天前在網站訂的貨。」她幾乎忘記了。「這麼快就寄來了呀！」

說明書上寫著：

品名：夢魂娜娜。

效用：伴你安眠，追求幸福。

注意事項：免費試用期為三天，三天期滿即視為購買。

如果受不了猛烈的效應，只要撕毀符紙，並且將香爐蓋倒過來，覆在香爐上，效力即刻消失。不過，這樣做必須賠償公司十萬元（畢竟培養一個好鬼並不容易）。

天堂俱樂部敬上

真好笑，一張紙值十萬元？不就是一種助眠的芳療產品，需要這樣故弄玄虛嗎？這廣告效果未免太誇大了吧！

梳洗完畢，她躺在床上，準備睡覺。

她明明非常疲累，可是腦子裡面卻像陀螺般旋轉個不停，伴隨著莫名的恐懼、焦慮、憂鬱，不時還出現經理那張憤怒的臉孔，和那個猥瑣的、外貌不可名狀的捷運色狼……

曉鈴輾轉難眠，於是坐起來，拿出打開的包裹。

她依照指示，把芭比娃娃放進床底下，然後看著紙上的文字，有點自嘲的說出：「請娜娜選擇晚餐。」

「噗……」她忍不住噗嗤一笑，等著是否有什麼事發生。

半晌後，她的右手不自覺伸向線香盒，拿起綠色的抹茶口味。

她點燃線香，青澀的綠草香悠悠鑽進鼻腔裡……

早上陽光燦爛，一顆晶瑩的露珠包覆整個世界的倒影，圓滾的從嫩綠的葉尖滑落，瞬間破碎。

她打開轎車門，放好包包，匆匆開車上路。

馬路上人車稀落，一路順暢，她吹著口哨，加踩油門。

不久進入市區，模糊的人影和車形黑壓壓擠過來，她握緊方向盤，努力穿越。

終於接近公司大樓，一個熟悉的人影拎著公事包出現，她驅車朝那人撞上去。

「砰！」

她踩下煞車，淡定的下車檢視，只見倒在地上的經理，掙扎的抱著斷腿，痛苦哀號。

她正想著是否該做出驚慌的表情？此時屁股外側卻有異物感。

猛回頭，一個粗獷的中年男子正對她施以侵略的奸笑。

她一側身，抓住他的手塞進車內，並且迅雷不及掩耳踹閉車門。

「哇——」男子痛得五官扭曲，臉色慘白……

「啊！」她睜開眼睛，窗外天色泛白，鬧鐘未響。「是夢！好可怕。」

「怎麼會這樣？我雖然痛恨這些人，但那樣未免太殘暴了。」她心裡懊惱，「我那麼善良，那麼膽小，怎麼會在夢中成了一個暴戾的復仇者？」

曉鈴伸伸懶腰，卻發覺好久沒有睡得這麼好，身上的沉重感消失，頭腦清新冷冽如山坳的湧泉，心情更是颯然舒爽。

對了！該不是娜娜的功勞吧？

她跪到床邊，餵娜娜吃一炷早香，以示感謝。

這次娜娜挑了白茉莉。

這一天進辦公室後，雖然經理依然挑剔，但因為懷抱一絲愧疚，她甘願多了，無須費心壓抑忍耐。也或許是那一份愧疚，讓她聽著經理的責備時，心裡還哼哼的笑著。

上班的心情愉快，一天就這麼順利度過。

晚上回到家，她洗好澡後，坐在床上期待新的夢境。

「還有誰對不起自己的？」她調皮的笑。

「還有誰……」第三任男友志翔的身影竄進腦海，「喔！不要……」

那個讓她總是在腦海設下警戒線，小心翼翼不去碰觸的人，怎麼出現了？

「不要！不要去想他。」

可是，越不願想他，越是鮮明的浮現。

說真的，想起他時心裡有一點甜滋滋的，讓人目眩神迷，雖然伴隨錐心的傷痛……

曉鈴想起志翔第一次對她表白時，忐忑的說出對她美貌的仰慕，態度謙卑恭謹。他對她那般在乎，讓人心醉，只要她隨便一個皺眉，他就心慌意亂，哀哀懇求。

當初他熱烈追求她的時候，玫瑰花束和寫滿愛意的貼心小卡片，不時驚喜出現，將她寵成掌心中的小公主。

他們還一起遊歷過許多浪漫的地方：手可摘星辰的東京晴空塔、七彩鬱金香花田的北海道、童話古堡遍地的歐洲、白沙椰林的帛琉……那些草地和沙灘，都曾印下他倆雀躍的足跡；那邊的陽光和空氣，都迴盪著他們的甜蜜笑語。

然而這一切，都讓橫刀奪愛的那個女人給毀了。

不！破壞這一切的是他。如果他對自己夠真心，斷然不會毀棄承諾，輕易就跟別人跑了。

她也檢討自己是不是不夠溫柔？不夠漂亮？或是有什麼地方讓他不滿意？她想追問出原因，卻換來他不停的閃躲與逃避。

越想抓住他，越是只能看著他的背影遠去。

他是那般無情，在最後一次見面時猙獰的對她狂吼：「你如果破壞我們，我就跟你分手！」

曉鈴回過神，看著眼前自己跳動的手指頭——娜娜選了玫瑰香。

「難道她感應到我心中有志翔？」她視線模糊，慘然一笑。「呵！其實我好想看看他，不知他變得怎樣？可是會不會只是多添傷心？」

她終究是點燃了線香，裊裊白煙飄送出柔柔的甜馨……

「請你原諒我。」

志翔已經來到身邊，滿臉歉意。

「是我的錯，再多的道歉也彌補不了我對你造成的傷害。都怪我一時迷糊，見異思遷，都是我的錯，對不起。」

玫瑰香，好熟悉的氣息。

「現在說這些都太晚了，來不及了。」她刻意藏起心中得意，把臉撇向一邊。

「拜託你，這些日子以來我都活在深深的罪惡當中，我只求你原諒，只要你願意接受我的道歉，我願意為你做任何事。」

「不可能！」她刻意撇過頭去。

志翔百般糾纏，黏膩求饒，她努力告誡自己不可心軟，然後翹起下巴，任性的說：「你去死啦！」

口氣中滿是藏不住的嬌嗔，都怪自己只擅長吞忍，卻拙於隱藏興奮……

隔天上班，同事都誇她有張粉紅蘋果臉，笑她談戀愛了。

她害羞的否認，躲進廁所，回味昨晚夢中志翔頻頻贖罪，而自己優越的擺臉色，百般為難他的情形。

然而縱使志翔不斷獻殷勤，她心中卻是複雜的，有著濃濃的委屈和一絲絲的愧疚。

只怪自己太善良了。

想到這兒，她又哭了。

「叩！叩！」

門外傳來同事驚慌的呼喊：「曉鈴你趕快出來，經理發生車禍被人送進醫院急救，我們趕緊去看他。」

她心一驚，迅速擦乾眼淚，走出廁所。

一行人慌張的開車前往。

到了醫院，經理躺在病床上，右小腿開放性骨折。

凶手肇事逃逸，路口沒有監視錄影機，沒有目擊證人，但經理說駕駛汽車的是一位女生，因為他有看見駕駛下車察看，而且講了一些話。至於她說了什麼話，他完全沒有印象，因為劇烈的疼痛使他幾乎休克。

曉鈴倒吸一口氣，她想起那個夢境和娜娜，不知自己是否也該負些道義責任？

那一天回到家之後，她一邊整理家裡，一邊打開電視，電視中正在報導一個捷運色狼被逮的新聞。

那個色狼將手伸到女乘客的臀部後面，趁機襲擊。但他運氣非常差，不但被女乘客辱罵，而且被揪出來時車門正要關閉，他拔腿逃脫，竟然被車門夾斷手臂，導致捷運停駛。

曉鈴想起做過的夢，連忙遮著張開的嘴，久久說不出話。

「滴鈴！滴鈴！」

手機突然響起，她接起來。

「喂……」

「小姐您好，這裡是天堂俱樂部，您購買的產品夢魂娜娜，三天的試用期快到了，不知道您滿意她的服務嗎？」

「這……」

「沒關係，您可以退貨，或者更換商品，很多單身女子都挑選男伴系列。」

「你怎麼知道我單身？」

「根據您在網路上填的資料。」對方又說，「男伴是肯尼娃娃。」

天哪！換成男鬼怎麼得了。

「不！我只要娜娜。我要長租一年，租金是三萬是嗎？」

說完之後，曉鈴掛上手機，她感到有人陪伴，完全不會寂寞了。她想在睡前跟娜娜聊一聊和志翔的那段戀情，也許入夢後，娜娜會用最完美的方式，帶給她更多驚喜。

可惜枯燈一盞，空氣冰冷，卻有那麼多的過去。

「去買點喝的吧！搭配姊妹促膝吐真情，最是愜意。」

於是她跑到樓下便利商店買了飲料。

走出店門，突然遠遠的望見一個熟悉的身影——

竟然是志翔。

志翔在馬路對面的建築工地旁，正要路過。

他不經意轉過頭，和她四目相接，但他驚訝的眼神很快被一股黯然取代，並快速脫離連結。

「那是什麼意思？難道他真的後悔了？」

此時，工地上方吊掛的鋼筋正冉冉上升。

她恍然想起夢中的一句話：「你去死啦！」

吊臂緩緩轉移，鋼筋罩在志翔的頭頂上，她有一股不祥的預感。

「危險！快離開！」

她驚慌的揮手嚷嚷，然而他卻被她的激動反應震懾得不知如何自處。

「對了！娜娜、符紙，撕毀符紙……」

她朝家裡狂奔，瘋狂跑上樓。

「唉呀！」她一不小心踩空，扭傷了腳踝。

她一跛一跛的，忍著劇烈的疼痛，狼狽的打開房門，找出符紙，用力撕成碎片。

「好像還有一個步驟……是什麼？」

她的心跳劇烈得像即將燒壞的馬達，手忙腳亂的找出說明書，然後快快閱讀。

她抖著手把香爐蓋子翻轉過來。

「砰——」一聲巨響伴隨天搖地動，她全身顫抖，寒意從背脊竄上頭頂。

從窗口望出去，掉落的鋼筋把地上撞出一個大窟窿，她的心情無比沉重。

不一會兒，警車趕到。

「趕快察看有沒有人員傷亡？」是警察在吆喝。

不久聽到有人高聲回報：「沒有人員受傷。」

她癱坐在地上，像又死了一次。

後來她去醫院急診，醫生檢查完說踝骨裂開，需要打上石膏，拄枴杖三個月。

這回她沒哭，咬著牙忍受這一切不幸，畢竟這一連串都是自找的。

由於不方便行動，她請求同事幫忙到銀行匯錢，「夢魂娜娜」的毀約金十萬元。

跛腳的那三個月，餐餐只得泡麵裹腹了。

◇◇◇

「哈！」小姐大叫：「這個曉鈴是個大傻瓜，為了一個負心漢，花了冤枉錢，還弄傷身體，實在太不划算了。」

「是啊！是啊！」夏若迪點頭附和，「大笨蛋。」

志翔誠懇的說：「小姐，我想勸你，心軟就不要報復，免得受傷的是自己。」

小姐聽完似乎想到什麼，卻望著香爐怔怔不語。

志翔又說：「其實這個香爐是要搭配符紙才能運作的。現在已經沒了符紙，所以香爐本身無法作用，你買了也不能作法。我看你不要買了，買了只是多花冤枉錢。」

「不！我要買。」小姐把香爐捧過去，「它可以提醒我，不需要把生命浪費在沒有寄望的人身上。」

「這樣有用嗎？」志翔口氣很狐疑。

「有用，一定有用。」小姐緊緊的捧抱香爐，似乎在宣誓自己堅定的決心。她眨眨眼睛，問：「這怎麼賣？」

「這個要問老闆了。」志翔把頭轉到爸爸那邊，刻意做球給他。「這個『夢魂娜娜』的香爐，以前是租給客人，年租金要三萬元，現在的價錢是……」

夏若迪說：「算你一千元就好了。」

「好便宜喔！」

小姐歡歡喜喜的掏出一千元買走。

客人離開之後，夏若迪說：「夏志翔，以退為進，高招啊！」

「哪裡，哪裡。」志翔鞠躬彎腰，刻意裝謙虛。

「唉！問世間情為何物，直叫人生死相許。」夏若迪有感而發，「失戀是最痛苦的，你看看那個小姐，簡直痛苦到不成人形了。」

「失戀的痛刻骨銘心，這我知道。」

「你又知道了？你才幾歲呀！」夏若迪笑說。

「每一首火紅的流行歌曲，它們的歌詞幾乎都跟分手失戀有關。」

「喔，不簡單，你的觀察力很好，不愧是我的兒子。唉！希望你剛才講的故事，能幫助這位小姐脫離……」夏若迪講到這兒，不知怎麼接下去才順口。「脫離……被人拋棄的……」

「脫離情傷。」志翔淡淡的說。

「哇嗚！你這小子。」夏若迪好驚嚇，兒子的語文能力真不是蓋的。他忽然想到一件事，問志翔說：「對了！你是不是電視上的偶像劇看太多了，竟然會講愛情故事。而且，竟然用自己的名字去當故事裡的負心漢，你是想談戀愛想昏頭了嗎？」

「爸，我是犧牲自己，成就別人。」志翔俏皮的望著爸爸，「從來負心漢都是『逆增上緣』啊！你不知道嗎？」

「天哪！不會吧？」夏若迪嘴巴張得老大，「你小子連深奧的佛經都懂啊！」

「我跟你說過，我讀很多書。」

「你又來了，要記得謙虛。」夏若迪提醒他，又說：「不過說真的，你講的鬼故事還真好聽。」

志翔笑說：「爸，我還有好多故事，保證都是你沒聽過的。」

志翔說完坐回到椅子上，繼續看書。

夏若迪數著手中的鈔票，咧開嘴笑著。

不久一個年輕的先生靠近，氣急敗壞的講著手機，「……給我們喝塑化劑……可惡的黑心商人，向他求償，法官居然只判賠九元。新臺幣九元，你說有天理嗎？」

志翔警戒起來，豎起耳朵仔細聆聽。

「對！黑心飲料商曝光後，我和朋友一起提告。經過那麼久的審理，居然是這樣的結果。那些塑化劑是工業用品，用來增加塑膠的可塑性，黑心商人居然添加在飲料裡面，把飲料變得濃稠有料，可是那會致癌呀！這麼沒有良心，結果法院居然輕判那些黑心商人，太沒天理了……」

年輕先生氣呼呼掛上手機後，蹲下來拿起一個盤子端詳。

志翔轉頭給爸爸使個眼色，夏若迪點點頭，癟癟嘴，那就像是狼族在互通訊息。

小狼說：「喂！老狼，獵物上門了。」

老狼說：「知道了，你自己看著辦吧！」

第四話

大蝦圓盤

那個盤子直徑約二十五公分，白釉底上面畫了一隻好大的紅草蝦。

「畫得真漂亮。」先生摸著上頭的紅蝦子，然後轉頭說：「老闆，這盤子怎麼賣？」

夏若迪很開心，客人主動問價錢，表示喜歡的意思，看來這次得來全不費功夫。他回說：「算你五百元就好了。」

「哇！太貴了。」先生搖頭，把盤子放下，起身要走。

其實那是夏若迪以前花七十元買來的。夏若迪不想錯失客人，急忙想降價挽留：「先生，不會啦！不然……」

志翔急忙打斷他：「爸，阿聰師的案子到底破了沒？」

「啊！什麼？」夏若迪是丈二金剛摸不著頭腦。

客人也好奇的停住腳步。

「這盤子原本的主人，阿聰師啊！」志翔煞有介事的說。

「什麼跟什麼？」夏若迪知道志翔是故意的，也故意配合演出。

「阿聰師是黑心廚師，跟賣塑化劑飲料的商人一樣黑心，我想這位先生可能有興趣聽。」

客人眼睛圓起來，說：「我有興趣！你講。」

志翔點點頭，露出神祕而自信的微笑，開始說起圓盤的故事……

◇◇◇

阿聰師經營一家海鮮熱炒店，菜色香酸鹹辣，適合宵夜下酒，生意很好，遠近馳名。

阿聰師掌廚，老婆站外場，而備料、炒飯和洗碗盤全由二十三歲的徒弟小強負責，小強忙得不得了。尤其是週末和假日，大家隔天不用上班，三五親友就愛到這兒相聚小酌，因此熱炒店總是門庭若市，忙得三人焦頭爛額。

至於平日裡，客人較少的清閒日子，阿聰師喜歡溜出去，到林老大那邊賭博。

老闆娘找不到人，常常朝小強發牢騷，雖然小強不愛聽這些，卻只能默默陪笑。等阿聰師回來，贏了錢就喝酒配菜，把老婆的嘮叨當耳邊風；若是輸了錢，一場大吵是免不了的，就像這一天——

「放著生意不做，就知道賭博。好不容易才賺幾天的錢，又被你賠光了。」老闆娘生氣的說。

「你敢詛咒我『賠光』？」

「哐啷——」，一個小碗摔到牆上應聲破碎。

阿聰師對小強說：「看什麼看？不會到外面看有沒有客人？沒看過這麼不長眼的。」

老闆娘說：「小強，去拿掃把，把地上清一清，別愣在那裡像個傻瓜一樣。」

小強瞬間成了共同出氣桶，倒楣極了。

因此不管客人多還少，他深夜四點回家時總是累得像條狗。

不過小強慶幸師父愛賭博，因為阿聰師為了早點出門，總是不藏私的把功夫教給他，讓他很快能夠獨當一面。這一年多來，他學到許多料理的訣竅。

魚不必鮮活，只要油炸得焦黃，腥味會變香，再淋上加了番茄醬的糖醋醬，頓時讓人滿嘴生津。

雞蛋不需新鮮，即便已經透出腥味，同樣是高溫煎炸過，佐以蔥薑蒜辣椒，就香得不得了。

想當然蝦子用冷凍的，至於它在供應商的大冷凍庫牆角冰凍了幾十年，完全不是重點。

鳳梨蝦球是餐廳的招牌菜，但阿聰師討厭蝦子，全交給小強。

為了強調蝦球的脆，要混調硼砂；為了顯鮮紅，要加點紅色素。鳳梨當然用罐頭食品，那些過期而還沒膨脹的鳳梨罐頭堆在廚餘桶旁，是買發霉干貝時，賣家半相送的。

不香的有化學香料幫忙；不漂亮的有化學色素調色；不夠味的，那更簡單，工業用的冰醋酸幾滴就讓人酸竄腦門；不夠甜的，便宜的糖精、味精就上場救援。

還有好多「精」可用哪！海鮮湯不必海鮮，牛肉湯不熬牛骨，一兩滴精下去，清水變高湯，像施魔法。那些「精」很便宜，幾十元一大罐，一罐可用兩、三個月，而一桌菜至少千元起跳，難怪阿聰師買得起樓房。據說要不是好賭，阿聰師早就可以買十棟樓房了。

還有人來兜售炸油，阿聰師一口氣買了三大桶。

小強問他：「一斤才十五元，為什麼那麼便宜？」

阿聰師手指比比身後的廚餘桶，小強看了半天才恍然大悟，那上頭漂浮一層亮亮的黃油，嚇得他吐舌頭。

奇怪的是，客人吃完之後反應不賴，沒有人食物中毒、上吐下瀉，只是偶爾有人起蕁麻疹，眼皮水腫。

客人如果來理論，阿聰師馬上先聲奪人：「你對海鮮過敏，還好在我這裡測試出來，是我幫了你的忙，讓你提早了解自己的體質。所以問題在你，我的食材都很新鮮，完全沒問題。」

客人如果囉唆：「過敏很可怕，輕微的是蕁麻疹，嚴重的會引發氣喘，甚至肺痙攣，停止呼吸……」阿聰師就擺出臭臉，揮手作勢趕人。

雙方往往上演不歡而散，而客人卻也討不了公道。

平常阿聰師總喜歡買新鮮的花枝回來打漿，做成花枝丸後油炸，當宵夜配酒吃。

有一天，阿聰師破例買了隻肥鴨，又是拔毛，又是宰殺，慢工細活的做出油亮亮的燻鴨。他交代：「晚上我要去玩兩把，這是我的宵夜，放去冰箱不要亂動。」

小強問：「怎麼不買現成的就好？」

阿聰師反問他：「別人做的菜你敢吃嗎？」

小強苦笑。

誰知道那一天阿聰師賭輸了回來，竟發現一隻鴨腿不見了。

原本就一肚子鳥氣的他，以為小強偷吃自己的宵夜，暴怒的說：「你好大的膽子，敢偷吃我的東西。」

「沒有，不是我。」小強趕緊否認。

阿聰師灌下幾杯黃酒，人開始迷茫起來。

「那是誰？我交代你看著，現在不見了，當然找你負責。」

阿聰師氣得拿大鍋勺敲小強，害他頭頂腫了個大包。

「啊——啊——」小強抱頭，疼得哇哇大叫。

老闆娘跑來說：「阿聰仔，那隻鴨腿是我吃的，你誤會小強了啦！」

「你為什麼要幫小強講話？你少袒護他。」

「事實如此，我沒有幫誰講話。我只不過受不了香噴噴的鴨腿，吃了一隻，你去賭博輸了錢，我還沒跟你算帳咧！」

「好啊！好啊！要算帳，一起來。」

兩人東倒西歪的打起架，搞得天翻地覆。

小強在旁邊看著，心中有團火球在燃燒。

真委屈，平常沒有功勞也有苦勞，而且一口鴨腿也沒吃到，還遭人打頭。他懷恨在心，想找機會發洩怨氣。

幾天後，小強買來鴨腿討好老闆娘，問她：「奇怪，師父為什麼討厭蝦子？」

老闆娘一高興，開了話匣：「哪裡是討厭？是對蝦子過敏，連碰都不敢碰。你知道嗎？櫥櫃裡有一個大蝦圓盤，十幾年來壓在最底下，沒拿出來用過。」

「你是說，即使只是一幅蝦子畫？」

老闆娘津津有味的啃著鴨腿，點點頭。

「這未免也太……」小強笑得縮起脖子。

抓到阿聰師的小辮子了，小強真開心，他好想看看阿聰師過敏的糗樣。

他開始計劃，怎樣害師父吃到蝦子，又不被發現是自己動手腳？

三天後，餐廳適逢週一生意清淡的日子，阿聰師做好一堆花枝丸。

「我等會兒要去林老大那邊摸兩把，這些丸子別偷吃。我數過了，一共是十八顆，一顆都不能少。等我回來時要炸來配酒吃，如果發現被人偷吃，我不會放過你。」阿聰師嚴肅的交代。

「萬一又是老闆娘吃了？」小強委屈的問。

阿聰師大聲說：「不管誰偷吃，我都找你算帳，你給我看好了。聽到沒有？」

「喔！」小強心裡真不爽。

阿聰師叮嚀完，整個廚房巡視一番，便從後門出去。

「就偏要偷吃你的花枝丸。」阿聰師離開後，小強靈機一動。

「我把冰箱所剩的蝦子解凍，切丁裹麵糊做成丸子大小，炸出花枝丸的顏色。這樣偷吃就不會被發現了。」小強自言自語，「等阿聰師回來，全部再回鍋去油炸，魚目混珠，他一定分辨不出來。」

他不是對蝦子過敏嗎？就故意害他吃蝦子，看他全身起蕁麻疹，抓來抓去，一定很搞笑。哈哈！這還不夠，還得激怒他，讓他明白自己是被人「做了」，才夠出這一口鳥氣。對！

他腦袋瓜同時冒出離職的念頭，反正已經學會一手撈錢的功夫，投靠別人或自己開間小店，都好過窩囊在這兒。好，豁出去了，明天就辭職，不要來上班了。他又自言自語：「對了，就用那個圓盤來裝丸子，當師父看見蝦子圖時，我正可以說出真相，大聲嘲笑他，哼！」

於是小強從櫥櫃裡找出盤子，果然上面有一隻紅色彩繪、弓背的大草蝦。接著他把蝦子從冰櫃中拿出來解凍，再把花枝丸都炸好了，然後躡手躡腳走到廚房口，往餐廳偷看。

餐廳沒客人，老闆娘正專心的在看電視連續劇。

「太好了。」他嘴角一歪。

他走回流理臺，一口一顆的吃掉八顆花枝丸。

「好香，好脆，好好吃。想吃好料的，還是得吃師父給自己留的。」

吃完花枝丸，他把解凍好的蝦子放在小盆裡。

正當他朝著計畫目標前進，著手剝蝦殼的時候，老闆娘跑進廚房嚷嚷：

「二號桌點了薑絲大腸和鳳梨蝦球。快！」

老闆娘開冰箱察看，又說：「蝦子沒了嗎？」

小強無奈望著手邊的蝦子說：「剩手邊這幾隻。」

「那好，快，客人直喊肚子餓。」

「唉！」

小強只好打消惡整的計畫，留待下次再找機會了。

他先把泡過雙氧水漂白的大腸切段，起一鍋油，放入挖除霉塊後細切的嫩薑絲，加入鹽巴味精，淋上工業用的便宜醋酸拌炒十幾下後完成。接著再給蝦肉裹粉油炸，撈起後，另起一個油鍋，爆炒蒜頭、辣椒、薑絲、罐頭鳳梨和切掉爛塊的次等青椒。最後倒入過期的番茄醬、砂糖、白醋，勾個濃濃的芡，把蝦球丟入拌勻。

把菜都做好後，老闆娘走進來把菜端到客人桌上。他恍然想起花枝丸被自己吃掉了八顆，盤子上只剩十顆花枝丸，阿聰師發現後一定會大發雷霆，這可怎麼辦？

但來不及再想，阿聰師已經提前回來，吹著口哨，滿面春風的說：「今天一開賭就贏錢，其他人輸光光，真是太痛快了！」

他笑瞇瞇的喝了兩杯高粱酒，才說：「去，去把我的花枝丸炸一炸，我要提早吃宵夜。」

「好。」小強吞口口水，腦子裡急得團團轉，不知哪邊可以找到東西來充數的？

阿聰師往餐廳走去，坐在三號桌旁。

小強七手八腳的開冰箱，翻櫥櫃，就是找不到什麼替代品，焦急得渾身大汗。

阿聰師又喝了一杯酒，朝廚房大嚷：「你在蘑菇什麼？快一點上菜呀！」

沒辦法了，小強只得硬著頭皮把剩餘的丸子回炸，然後擺在那個盤子上，遮住彩繪的紅色大草蝦，戰戰兢兢的端過去。

高粱酒很烈，阿聰師半醉的發出疑問：「咦？花枝丸怎麼那麼少？又是誰偷吃了？」

「師父，沒……沒有，花枝丸沒少……是你喝酒眼花了。」小強開始發抖。

「你是說我喝醉了嗎？你這小子不要命了，才這麼一點點酒，我會喝醉嗎？你分明是看不起我。」阿聰師吃一口丸子，繼續吵：「是誰偷吃我的花枝丸？是誰？是誰？」

他老婆看電視看得正高興，被這一吵，不悅的回頭大叫：「了不起喔？誰稀罕你的花枝丸？」

「呼……你這貪吃鬼，又來偷吃我的東西，要不是今天贏錢，我就開罵……」阿聰師指著老婆，兩頰已經紅了。

「你少誣賴我，贏錢有什麼了不起。叫你不要賭，十賭九輸，死也不聽，真是不到黃河心不死，倒不如輸到脫褲子，才曉得要覺悟。」

「你……你敢詛咒我……」阿聰師又灌下一杯，罵說：「……瘋女人給我滾，不要讓我看到……老子待會兒揍人……」

「你敢？你打呀！」老闆娘揚起眉，高高翹著下巴。

「……瘋女人，我今天贏錢，不……不想理你……」

吃著喝著，阿聰師在酒精的作用下漸漸臉紅瞇眼，迷迷糊糊，不一會兒那隻大蝦子出現，才吃驚的叫說：「啊！怎麼有蝦子？快拿走。」

老闆娘見到那盤子，故意作弄他：「哈！你剛剛不知道吃了多少蝦球進肚子了？」

「什麼？」阿聰師眼珠瞪得如乒乓球大。

她還回頭使眼色：「小強，你說對不對？」

小強豁出去了，附和著說：「沒錯，冰箱裡的蝦子，我全部做成蝦球，混在花枝丸裡給你吃了，而你竟然沒吃出來，哈哈哈！」

「啊哈！」老闆娘也刻意大笑，「哈哈哈！」

「你們故意的，你們……」阿聰師一股氣冒上來，歪起身子，踉踉蹌蹌跑進廚房，拿大鍋勺來打人。

「砰——」兩人快閃，大鍋勺重重落下，敲到餐桌。

「來呀！來打呀！」他老婆又挑釁。

「給你打，來呀！」小強也故意在他面前跳來跳去。

「別跑！」

阿聰師又高舉勺子，突然臉上一癢，抓出一道紅疹。

小強覺得好神奇，丸子裡並沒有蝦子肉，老闆竟然也會起紅疹。但他沒說破，還故意順勢縮起脖子取笑：「開始了，開始了……」

脖子又癢，再抓，又是一道疹子。

「紅起來了，紅起來了。」小強又訕笑，「哇！好紅的疹子，好癢的疹子，哈哈！」

阿聰師難過的眨眨眼，回頭看盤子上的紅色大草蝦，渾身奇癢無比。他扔掉鍋勺，到處亂抓，那狼狽的糗樣像潑猴抓跳蚤，逗得兩人捧腹狂笑。

「哈哈哈……」

「老公，你是孫悟空喔？哈哈！」

「師父，恭喜你，中大獎了。」

「蝦……呼……蝦……」阿聰師開始喘大氣，說不出話。

「……」兩人察覺有異，面面相覷。

「嗚……啊……」阿聰師彷彿吸不到氣，竟然吐舌頭，掐著自己的脖子翻滾在地，接著全身抽搐。

「怎麼會這樣？」

兩人見狀，開始不知所措。

「你給他吃了什麼？你給他吃了什麼？」老闆娘慌張大叫。

小強急忙解釋：「沒有啊！就是花枝丸，師父買回來的新鮮花枝，他自己做的花枝丸啊……」

不一會兒，阿聰師滿臉發紫，翻起白眼，停止了呼吸。

◇◇◇

「好哇！」先生拍大腿，大喝一聲：「死得好哇！」

「黑心廚師急性過敏而死，真是死有餘辜。」夏若迪說。

「等等，」先生有些困惑，「你是說他沒吃到蝦子，但是心理作用，引發了急性過敏？」

「沒錯。」志翔急忙點頭。

「太好了，我要拿這個盤子去講給我的朋友聽，用這普通盤子殺壞人於無形，簡直就是現代血滴子，真是大快人心。」先生打開皮夾，「你剛才說五百元，是嗎？」

志翔說：「是的。」

先生付了錢，還得意的說：「花五百元為民除害，真便宜。對了，後來呢？小強有被判罪嗎？」

夏若迪看志翔，志翔一臉無知的聳聳肩。

夏若迪急忙說：「喔，當然沒罪，法醫來驗屍，並沒有毒物反應，後來就宣告是意外死亡。」

「讚啦！真是老天有眼，因果報應。」先生說完，拿起大蝦圓盤欣賞著，不停的點頭。

先生離去後，夏若迪笑著拍拍志翔的肩膀，說：「真有你的。」

「沒什麼啦！」他也得意的笑。

志翔繼續看書，看了一會兒就把整本書讀完了。

他對爸爸說：「我累了，我想去找同學打籃球。」

「好啊！你去。」夏若迪說，「今天開幕第一天，託你的福，不但開了市，還賣出三樣舊貨，價錢都很好。志翔，你是我的福星喔！」

「爸，我走了，那就請你『自求多福』了。」

志翔說完就拿著書去同學家。

那一天下午五點收攤時，夏若迪一共收到兩千五百元。其中兩千一百元是志翔賣出的所得，其餘四百元是後來有個婦人看上一塊翡翠玉鐲，相見恨晚，二話不說就買了。

臺灣俗諺說：「生理子難生。」意思是對父母而言，要生出天賦具有生意腦筋的孩子，是可遇而不可求，機率非常小，非常難得的。

夏若迪心想，如果兒子真有「故事行銷」的驚人潛能，那無疑是老天爺的莫大恩賜。再說讀書雖然重要，但是到頭來終歸要進入社會謀生，也許應該讓志翔先到職場見習一下。

老婆江夢蝶經過朋友介紹，找到一個賣場展售員的臨時工作，夏若迪回家時，她還沒回來。他幾番思考，等老婆回家後兩人一起討論，決定在假日時，讓夏志翔到舊貨攤來幫忙。

一般的高中生得知假日得幫父母工作，犧牲玩樂的時間，不是叛逆的反抗，就是臭臉不爽。但志翔聽了卻開心的說：「可惜放學時已經收攤了，不然我想天天去呢！」

江夢蝶說：「不要影響功課才好啊！」

志翔拍胸脯：「我會帶書去讀，不會影響的。」

那一個星期，星期一到星期五，志翔沒有來幫忙顧店的日子，舊貨攤的生意起起落落，雖然有人買東西，但夏若迪好期待假日趕快到來。

週六一到，志翔果然信守諾言，第一個上工的假日就帶了好多書：《財經面面觀》、《阿里山迷霧精靈》、《少年讀紅樓夢》、《京都神社研究》、《天文學的前世與今生》、《福爾摩斯探案全集》……，沒有一本是學校的教科書。

出門前，夏若迪和江夢蝶彼此對望，無奈的含笑聳肩。

來到舊貨市場，布置好攤子，志翔開始看書，還拿原子筆畫眉批，做筆記。

不久有個中年男子湊過來，夏若迪提高音量招呼他：「盧老闆，歡迎光臨，哈哈！」

「老夏，你的東西越來越齊了。」來人是盧彥勛，他看看地攤上的貨物，然後不好意思的說：「你跟我借的東西我忘了帶，出門後才想起來，我已經叫我女兒送過來，你再等一下。」

「沒關係，不急。」夏若迪急忙喚兒子來，「夏志翔，快來！」

「爸，什麼事？」志翔放下書本走過來。

「來認識你盧伯伯，他有個大攤子，當初就是他介紹我來這裡擺攤的。他是這個舊貨市場的老前輩，買賣的舊貨是我們的幾百倍，我以前最愛逛他的攤子。」

「你爸是我的老主顧了。」盧彥勛笑著說，「夏志翔，我今天終於見到你的盧山真面目了，我聽客人說你很會說故事賣東西，真是了不起。你讀哪一間學校？」

「山水高中。」志翔回答。

「喔，跟我女兒一樣。幾年級了？」

「高三。」志翔回答。

「那不是快要考大學了。」盧彥勛轉頭看他讀的那些書，「你不用讀升學的書嗎？我猜你成績很好，胸有成竹。」

「隨便他，愛讀書就好。呵！」夏若迪乾笑一下。

「生意怎麼樣啊？」盧彥勛關心的問。

「托盧伯伯的福，還行。」倒是志翔回答。

盧彥勛掃視了攤位上全部的舊貨，點頭笑著說：「你們的東西都偏舊物，我們這兒雖然是舊貨市場，倒也不是越舊越好。」

「這得請教你這位老前輩了。」夏若迪謙遜的說。

「攤子上的東西不一定要老，但是獨特很重要，造型優美的話更具優勢，重點是不能起價太低，否則客人一聽就覺得沒價值，不想收藏。」盧彥勛認真的說。

「可是定價高，我怕會嚇跑客人。」夏若迪說。

「不一定，許多人是追高不追低的，我以前去收貨時就犯過這個毛病，一把木柄紙面的摺扇，對方開了五千元，我看品質還不錯，誤以為是稀有精品就如數買下。加價一千後賣不出去了，就算平價五千求售，別人都嫌價位太高。」盧彥勛苦惱的說，「我送去給人幫我拍賣，連續五次都流標，所以千萬要記得買低賣高……」

「降價賣就能脫手，不是嗎？」夏若迪說。

「爸，你不能有這種想法，一旦這樣做就是一直賠本，最後結束營業還欠一屁股債。」志翔連忙勸阻。

「喔！乖乖，你這兒子比你有生意頭腦啊！」盧彥勛忍不住拍拍志翔的肩膀，表示讚許。

夏若迪想起一樣東西，趁還沒人光顧，說：「我有一個東西很傷腦筋，我覺得絕對賣不出去，可是丟掉又有點可惜。」

「什麼東西？讓我看看。」盧彥勛感到好奇。

「那是以前買一個大花瓶時，老闆贈送的。那個老闆說，從來沒有客人看它一眼，所以我也就沒擺出來。」

夏若迪帶志翔和盧彥勛來到車子旁，找出壓在車廂底下的一幅裝框畫。

那幅畫真難看，灰的、藍的色塊隨意塗鴉，看得出來畫中有位長髮女人，但是披頭散髮，五官扭曲，全身髒汙。

「這幅畫有名字嗎？」盧彥勛問。

「沒有。」夏若迪搖頭。

「亂塗鴉的畫還裝框。」盧彥勛世故的說，「可見，這一定是調皮的孩子畫的，而父母溺愛孩子，才把亂七八糟的塗鴉當成寶一樣框起來。」

志翔點頭同意：「這東西看起來確實很棘手。」

「舊貨市場每個月月底會辦拍賣會，誰家覺得難脫手的東西都能送去那兒，給拍賣官幫忙拍賣，零元起價。」盧彥勛提議，「我那把摺扇就是寄在那兒，等待有緣人，誰出價超過五千就賣給他，唉！」

「嗨！」忽然前頭傳來一位女士的吆喝，「盧老闆，好久不見了，你怎麼沒認真顧攤子，跑來這兒跟人聊天？最近有什麼新鮮貨？」

盧彥勛抬頭一看，便堆起笑臉熱絡的招呼：「啊！林老師，你好久沒來給我捧場了，最近在忙什麼呀？」

「唉呀！還能忙什麼？我那畢業班的學生，小六就談戀愛，爭風吃醋，打架霸凌，搞得我心力交瘁。」

「小學生也那麼難教嗎？」夏若迪發問。

「學生不滿管教會頂嘴，甚至出言不遜，害我每天又生氣又擔心，常常失眠，唉！好想早點退休喔！」林老師語重心長的說完，忽然話峰一轉：「咦？以前沒看過你這一攤，是新來的嗎？」

盧彥勛舉手搭上夏若迪的肩膀，點頭向林老師介紹：「這是我的好朋友夏老闆，新開張的攤子，他收的東西也都不錯喔。」然後放下手，對夏若迪說：「老夏，這位是林老師，教學認真，桃李滿天下，是我的老主顧喔。」

「林老師好，歡迎有空常來逛逛。」夏若迪鞠個躬，像是對待自己的老師。

志翔急忙湊過來，說：「老師好，我是老夏的兒子，我想你一定會對這一幅畫感到興趣。」

志翔不知何時把那幅畫從畫框中拿了出來——單單就那一張畫紙。接著，他把畫翻到背面，那上頭赫然出現用原子筆寫的九個歪斜的大字。

夏若迪正疑惑著，忽然發現志翔向他使個眼色，讓他看見自己手上握著的原子筆，於是會心一笑。

盧彥勛好驚訝，沒想到志翔似乎趁這短暫時間內，默默做了一些事。他直覺將會有什麼好戲要上演，因此張大眼睛，豎起耳朵，仔細留意他們父子的動靜。

第五話

裝框的塗鴉畫

那九個歪斜的大字是：「謝謝老師，陳曉東敬上」。

志翔又把畫翻回正面。望著那幅畫，林老師疑惑的說：「我的天呀！畫得真糟糕。」

「這幅畫有個特別的故事。」志翔說。

夏若迪看著志翔手上的原子筆，說：「啊，是啊！是有一個很特別的故事。」

林老師摸著「謝謝老師」四個字，說：「看起來，似乎是學生和老師之間的故事？」

志翔說：「沒錯！就是一個讓老師傷透腦筋的問題學生。」

「你可以講給我聽嗎？」林老師整個人來了精神。

「當然啦！」志翔開心點頭。

「唉！那的確是一個很特別的故事。」夏若迪故意這樣說，心裡卻萬分期待著，不知兒子這回要變出什麼把戲？

林老師也揚起眉毛，好奇聽講。

◇ ◇ ◇

小咚咚本名陳曉東，因為不知道爸爸是誰，從的是媽媽陳香蘭的姓。不過他沒有跟媽媽住在一起，而是跟外婆、阿姨和舅舅同住，但是媽媽住得也不遠，一個星期總會來探望他兩、三次。

他從小就愛往外跑，跟鄰家小孩玩鬧一片。他的體能很好，賽跑總是第一名，玩遊戲爭強好勝，又能號令別人，帶動氣氛，贏得附近許多孩子的崇拜追隨。

到了小五，曉東的玩心變本加厲，放學回家，書包一放下就不見人影，玩得昏天暗地，八、九點才肯踏進家門。

他五年級的導師鄭秀好，第一眼讀到曉東的學生資料時，眉頭就緊緊的蹙起來。

「咦？父不詳，這是怎麼回事？」

接著翻看成績簿，低年級時成績還好，中年級時就落到及格邊緣。

她向中年級的老師打聽，知道了梗概，原來曉東母親從事的是日夜顛倒的特種行業，不禁心中泛起同情。

在沒有打好基礎的情況下，曉東升上五年級後功課更差，幾乎每科不及格。上課時他不愛聽講，像個病貓或局外人，眼神不曾和秀好交會，總是望著窗外籃球場。直到下課鐘響，像一枝射出的箭，「咻——」的落在籃球場，然後變得生龍活虎。

秀妤想利用午睡時間個別教導，但他十分排斥學習。如果留他下課時補寫功課，他還會生氣，用不合作來抵抗。

秀妤發現這樣下去實在不行，所以決定改變方式，來軟的。

在那之後，秀妤常常私下陪他聊天，塞給曉東芋頭酥、獎卡，希望贏得他的好感，還幫他申請免費的課後照護，讓他在放學後留在學校，在代課老師魏凱文的協助下完成作業。

慢慢的，曉東變得願意聽她的話，也會主動跟她講話了，甚至對秀妤說：「我最大的心願是有個爸爸，然後跟爸媽住在同一個家。」秀妤聽了好欣慰。直到一次，學校辦書展，曉東買了兩本漫畫，還送別人一枝新穎的自動鉛筆。

秀妤問他：「你花了多少錢？」

他數一數，回答：「七百六十元。」

「你怎麼會有那麼多錢？」

他眼睛飄向旁邊，說：「是……外婆給我買早餐的錢，我省下沒吃，存起來的。」

「你為什麼要送東西給別人？」

他低頭不語。

「沒關係，跟老師說，老師不會怪你。」

他說：「因為，我怕別人不跟我做朋友。」

秀妤打電話求證，曉東外婆說：「老師，我每天只給他三十元買早餐，他媽媽都把錢交給我，從來沒給他錢，我也不清楚他的錢從哪裡來的。」

秀妤也覺得納悶。

有一天，一位家長來告狀，說曉東威脅他的小孩阿銘，叫阿銘給他錢，不然就會挨揍。阿銘很膽小，於是偷了爸爸的兩千元，拿給曉東。

這是「校園霸凌」和「恐嚇」，一定要明快處理。

秀好急忙找來曉東，問明情形，曉東說已經花掉一千元，當場從口袋掏出另外一千元，還給阿銘的爸爸，並且認錯道歉。

秀好急忙打電話到曉東家，是阿姨接的。

秀好說完霸凌的事後，又說：「曉東的阿姨，這樣下去不是辦法，你能不能幫忙督促曉東的功課和行為？」

阿姨卻無奈的說：「曉東有媽媽，請老師找他媽媽處理。」

竟然碰了一鼻子灰。

秀好只好直接撥打曉東媽媽的手機，媽媽知道後很在意，一直道歉。

秀好說：「希望你常回去看孩子，否則孩子少了關愛，會放棄自己。最好把孩子接過去一起住，畢竟老人家年紀大，管不動孩子了。」

媽媽客氣的說：「我懂老師的意思，我會常回去的，謝謝老師。」

後來媽媽託外婆拿一千元來還人家，曉東也認錯，並承諾不再犯，這件事才過去。

又過了不久，有人在暗巷看到曉東跟一群國中生聚在一起抽菸。秀妤打電話去他家關心，只聽得外婆唉聲嘆氣，說曉東越來越晚回家，甚至晚上十一點才進家門，讓外婆擔心不已；打手機給媽媽，手機響好久才接，媽媽雖客氣應好，但一旁都是划拳嬉鬧聲。

秀妤想起了課後輔導的魏老師，想請他加把勁勸導曉東。

於是隔天放學後，她往課後照護教室走去，卻遠遠的看見曉東在籃球場投籃，而魏老師坐在樹下滑手機。她心想，這老師投其所好，難怪曉東喜歡他，但只要作業都如期完成那就好了。

這時魏老師收起手機，喚曉東進教室寫作業，她偷偷的跟過去，躲在窗外看。沒想到魏老師沒有教他如何寫，而是直接拿解答給他抄。曉東低頭抄寫，神情愉悅，魏老師還說：「喂！你別寫太漂亮，不然就太假了。」

秀妤好生氣，怎麼可以這樣？但基於同事間不干涉彼此教學的原則，她不好去責怪，只能長長的嘆了一口氣，無奈的搖頭離開。

隔天她把曉東叫來，叫他不能抄解答，必須靠自己的學習寫作業，竟遭曉東白眼。接著他一整天不回話，不配合，讓秀好非常受挫。

有一天，曉東拿一張婚紗照到學校，四處炫耀說：「我媽媽要結婚了！」同學都感到驚訝：「哇！你媽媽好年輕，好漂亮。你的爸爸又高又帥耶！」

他驕傲的說：「我爸爸本來是我媽媽的客人，而且我媽媽肚子裡還有小寶寶呢！」

秀好聽了替他傷感，「唉！孩子就是孩子啊！」

原來他媽媽找到終身的依靠了，雖然是「先上車後補票」，但總比曉東的「不詳之父」，來得光明磊落，勇於負責。

後來又聽曉東的外婆說，他媽媽婚後辭掉酒店的工作，跟丈夫搬到附近工業區開工廠。

秀好問外婆：「沒打算把曉東接過去一起住嗎？」

「老師，」外婆無奈的說，「他的媽媽曾經講過，等曉東讀國中，要接他過去住。你也知道，住在這裡，阿姨、舅舅管不動他，也不想管他，而我也沒力氣管他，只有他媽媽的話，他還願意聽一些。可是他們夫妻剛結婚，成立自己的家庭，又有了小孩，她老公那一邊，需要商量一下。」

現實真是複雜，秀妤也不知道該怎麼說才好。

又有一天，曉東向人炫耀手上的骷髏紋身貼紙，引起同學圍觀，他一臉得意。隔天就有人模仿，好幾個人都在手上露出猙獰的圖形，顯然他又成功引領潮流，他驕傲極了。

又過沒幾天，他竟然穿了耳洞，戴耳環來上學。

秀妤嚇了一大跳，暗忍著緊張焦慮，嘻嘻哈哈的找他閒聊。

「哇！好酷，你好厲害，知道自己去打耳洞。」

「沒有啦，是大姐頭帶我去的。」

「大姐頭？你的好朋友嗎？她讀哪一班？我也好想認識她。」

「她是國中生，不只有她，還有……」他心情大好，和盤托出。

這下可嚇壞秀妤了，原來他有一群國中朋友，每天聚在一起抽菸、騎機車，有人真刺青，還有人戴耳環、染頭髮。他還得意的說：「老師，如果有人欺負我，我只要一通手機，就會有十幾個人來幫我打架喔，你相信嗎？」

秀妤感到一陣暈眩，眼前白光撲撲閃爍，幾乎窒息。

秀妤趕緊私下通知他的媽媽，對方聽完後嚇得說不出話。

秀妤忍不住對說出最深沉的擔憂：「我聽外婆說，你想等他讀國中時才接他過去住。他現在才五年級，已經交到壞朋友了，你如果不把握現在，他對爸爸媽媽還有期待和嚮往的時候給他一個家，恐怕不必等到國中，你就會常常到警察局去找他了。那時候，他的心早已不跟你在一起，也永遠不會跟你在一起了。」

「是，是，謝謝老師，謝謝老師。」媽媽的回答非常虛弱。

隔天下午上美勞課時，秀妤請小朋友畫「我的家庭」，大家思考了一會兒，陸續動筆畫畫。

不久秀好發現曉東在亂塗鴉，過去制止：「你不要亂畫。」

「我沒有亂畫，這是我的外婆。」

「你可以畫媽媽啊！媽媽不是很漂亮嗎？」

「不要！」他突然發起脾氣，把畫筆往地上扔，瞪著地板生悶氣。

秀好想罵又不好罵，想安慰又不知怎麼開口。

那天最後一節課前的打掃時間，教室分機突然響起。秀好接起電話筒，是教務處打來的。

「秀好老師，你們班陳曉東的媽媽來幫他轉學，說是要接他去新家同住，請你現在過來簽名。」

「啊！」

秀好喜出望外，急忙跑去教務處。

曉東的媽媽坐在椅子上，見她來了急忙起身，這是秀好第一次見到曉東媽媽的真面目。果然是個美人胚子，瓜子臉、彎月眉、尖挺的鼻子、一百七十幾公分的高眺身材，雖然穿著便服，臉上也未施脂粉，卻是個人見人愛的大美女。

這變化來得太突然，秀妤沒有心理準備，見了媽媽只能木木的簡單祝福幾句：「好，太好了，希望曉東能從此遠離壞朋友，重新開始。」

「謝謝老師，謝謝老師。」

不知是否因為心虛或愧疚，曉東的媽媽只能努力的道謝，這跟秀妤想像中酒店小姐的形象完全不同。秀妤回到教室，把這件事告知曉東。

「你的媽媽剛剛來幫你辦轉學，會轉到工業區那邊的一間小學。恭喜你，你有爸爸，有媽媽，有弟弟，有個完整的家庭，你的願望終於實現了。」

只見曉東眼眶泛紅，胸口猛烈起伏，接著忽然拿出今天美勞課的畫，在背後寫下「謝謝老師，陳曉東敬上」。

秀好看見後熱淚盈眶，心想這孩子是貼心的，是懂得她的辛苦的，多少個深夜為他煩惱擔憂，為他失眠頭痛，都是值得的呀！

她忍住淚，急忙從書架挑出一本勵志的好書《穿越黑暗的歌聲》，寫上「祝曉東學業猛進」，鄭重的送給他。

「這書裡的小主角是盲人，卻能用歌聲感動人，為自己開創美好的人生，祝福你跟她一樣衝破黑暗的難關。」

那是最後一節發生的事，等下課鐘響，放了學，秀好卻遲遲等不到曉東送的那幅塗鴉畫。

曉東在課後照護班寫功課，秀好好奇的到那兒窺探一下，才知道，他把那幅畫拿去送給最喜歡的魏凱文老師了。

秀好摀著口鼻，快步跑進廁所。

一股委屈湧上來，淚水奪眶而出，她雖然為孩子的前途欣喜，卻有一種比失戀還要酸楚的傷痛。

如果說這是用真心換絕情，那秀好會自嘲自己心胸狹小，跟小孩子計較。如果是怪自己沒教會他感恩的道理，秀好又自認為已經盡心盡力，未曾如此心心念念在一個人身上，就算對前任男友，都沒有這樣真心誠意，付出關懷，可是……

秀好因此低潮了好一陣子。吃不好，睡不飽，搭公車錯過站，買咖啡忘了拿。就連朋友幫他慶生時，她還感動大哭，只因有人對她這麼好……

◇◇◇

志翔說的故事在無聲中結束了。

「唉！這就是老師們的寫照，嚴格認真的被學生討厭，放縱迎合的反被學生喜歡。」林老師難過的說。

夏若迪搭腔說：「這麼說來，這幅畫是那個魏凱文老師裝框的嘍？哼！

讓這小子占到便宜啦！」

志翔說：「這框不是特別訂製的，是魏老師在資源回收站撿到一個廢棄的木框，大小剛好，就把它框起來，然後放到辦公室向人炫耀。」

「這麼說來，秀好老師看見了，天天提醒她這件往事，不是會更傷心嗎？」林老師皺起眉頭，不悅的說。

「就是這樣。」志翔嚴肅的點頭。

「我不是那種老師，沒辦法接受這幅畫。」林老師猛搖頭，露出排斥的表情。

「老師別急，故事還沒講完。」志翔眼神矯捷一瞬，調皮的笑。

「還有後續？你說吧！」林老師好奇的說。

◇ ◇ ◇

十年後的某天放學後，秀好留在教室改作業，一個又高又壯的男生出現在她的教室外，對她說：「老師好。」

「你好，有什麼事嗎？」

「老師，您還記得我嗎？」

「你是？」

「我是陳曉東。」

「啊！」秀好驚訝錯愕，恍如隔世，這名字雖然遙遠，但這人的影像不時還會出現在夢中折磨她，可是，記憶中的孩子怎麼忽然變了樣？高大俊帥，溫和有禮，完全不一樣啊！

「你……你怎麼會來……」

陳曉東帶來一張感恩卡，說：「老師，我現在是實習老師，教國小五年級。」

「啊！真的假的？不會吧！」她腦筋一下子轉不過來，不確定自己聽到了什麼。

「這學期班上有個特殊的學生，簡直是壞透了，我的指導老師請我輔導他，我軟硬兼施，用盡各種方法都難以改變他的不良行為。這陣子我感到非常挫敗無助，忽然想起了您。」

「我？想起我？」這下她聽懂了，但心中開始恍惚起來。「你想找我討救兵嗎？不可能。當年我都對你沒輒了……」

「不，我不是來求教的，我只是體悟到當年您對我的用心，覺得應該來向您說聲謝謝。」

「啊！你當年成績那麼爛，是怎麼考上師資培訓的資格？」秀妤有點感動，卻又慌亂，不知怎麼回他，因而吐出大白話。

「最疼我的外婆在我國中時過世，我難過的哭了好幾個星期。她臨終前還不忘勸我要學好，不要交壞朋友，要多讀書，我覺得我不應該再……」

啊！面對眼前父不詳的可憐孩子，往事歷歷在目湧上心頭，秀妤摀著怦怦亂跳的胸口，瞇起雙眼。這感覺，竟比心愛的男友分手後回心轉意還要叫人心醉啊！

秀好抖著雙手打開卡片，看見上面畫著一道美麗的彩虹，裡頭寫了密密麻麻一堆字：「親愛的秀好老師……」

接下去寫什麼，完全不知了，只因眼前已一片水漾朦朧。

◇◇◇

「喔！果然，」盧彥勛有感而發，感慨的說：「當家才知柴米貴，養兒方知父母恩。」

「不不不，你比喻失當。」夏若迪笑著指正：「應該說：不經一事，不長一智，將心比心，換位思考……咦，好像怎麼說都不是很吻合。志翔，你來說，怎麼形容才好？」

「醉過方知酒濃，愛過才知情重。」志翔不假思索，調皮的說。

「說得好啊！」林老師拍手大叫，笑著說：「這幅畫很適合擺在教室裡，向學生講這個故事，這幅畫多少錢？我買了。」

夏若迪想起剛才盧彥勛的教導，便說：「老師，木框比較貴，這一幅畫要六千元。」

「這我了解。」

林老師點點頭，低頭去掏錢包，倒是志翔驚訝的望著爸爸。

夏若迪收了六千元，深深一鞠躬。

林老師走後，志翔說：「爸，你下手真狠。」

「不，是你把那幅畫說得非常有價值，如果賣太便宜，反而撐不住它背後那麼高的涵義。」

「嗯！非常有道理。」盧彥勛點頭稱讚，並對他們父子豎起大拇指。「給你們一個讚！喔！不，六千個。」

「哈哈哈！」三人笑成一團。

志翔忽然止住笑，對盧彥勛說：「盧伯伯，你的那把扇子，我有信心能幫你賣出去。你要不要改寄放在我們這兒？」

「你要幫我賣當然好。但記得要賣五千以上，才不會讓我賠本！不過，拍賣會有規定，寄賣的東西除非流標才能拿回來，其他時間他們沒空處理。所以，我看你就等到月底吧，這回如果再流標就拜託你了。我看你這麼會說故事，應該能賣出好價錢。」

「我會盡力的。」

盧彥勛為了激勵他，想了想又說：「這樣好了，如果你能賣超過七千元，不僅多出來的錢歸你所有，我還另外送你一份禮物，怎麼樣？接不接受這個挑戰？」

「當然願意啊！」志翔開心的說，「禮物我已經想好了。」

「又是哪一本書？」夏若迪一副「知子莫若父」的模樣。

「不是一本書，是五本，很特別的青少年武俠小說。我在書店翻過第一集，裡頭每個武林高手都是廚師，各派的武功也跟煮菜有關，非常神奇。」志翔開心的說。

「竟然有這種武俠小說？」盧彥勛感到驚奇。

「為了擁有一套，我正愁錢不夠呢！」

正聊著，一個女孩子走來攤子前面，把手上的一根擀麵棍交給盧彥勛。盧彥勛馬上轉交給夏若迪：「老夏，你要借的東西。」

「謝謝，太好了。」夏若迪把擀麵棍收下。

盧彥勛介紹說：「這是我小女兒，美華，讀高二。她今天來陪我顧攤子，順便過來認識天才銷售員夏志翔。」

「我嗎？」志翔好驚訝。

美華點個頭，湊過來說：「當然，我們都聽客人在說呢！我爸還叫我來跟你學習行銷管理，呵！」

「其實我早就聽過你很會賣東西的事蹟了。」盧彥勛笑著說，「今天親眼見證，確實名不虛傳。」

志翔搔搔腦勺：「哪裡，哪裡，講得太誇張了。」

這位女生年紀跟志翔差不多，講話活潑，但志翔隱約覺得她的眉宇間隱含著憂愁，她的眼皮有些浮腫，想必昨晚曾經大哭過。

志翔十分好奇，留意觀察著。

第六話

陶瓷結婚娃娃

「老夏，你這兒有什麼新鮮貨？」盧彥勛蹲在攤子前，兩手拿起一對娃娃，興味盎然的說：「耶！這對陶瓷娃娃真可愛。」

那是一對陶瓷材質的結婚娃娃。新郎穿大紅袍戴官帽，新娘戴著鳳冠霞帔，兩人彎腰相偎，翹下巴嘟小嘴，俏皮的互相打趣。

志翔居高臨下，發現盧伯伯的頭頂上有個小傷口，還滲著點點的血痕。「啊！盧伯伯，你受傷了。」

「沒什麼，昨天不小心跌倒撞到的，已經擦藥了。」盧彥勛伸手摸頭，然後轉移話題：「老夏，你眼光不錯，收的東西都有質感喔！」

「比不上你的又多又好啦！」夏若迪客套的說。

「我曾經收過類似的結婚娃娃，都沒有你這一對精采。」

「喔！你太客氣了，你是老前輩了，我只是個新手，我的東西怎麼跟你比？」

美華把志翔拉到一旁，不高興的耳語著：「那才不是跌倒撞到的。」

「啊？」志翔好詫異。

美華忿忿的說：「告訴你也沒關係，昨天晚上我爸媽吵架，我爸和我媽生氣的推來推去，我爸不小心撞到書櫃，上面一個花瓶掉下來，砸到他的頭。」

「是這樣啊！」志翔問她：「他們打架嗎？」

「打架是沒有，昨天的受傷算是意外。」

「所以你昨天晚上為了這件事哭了？」

「你怎麼知道？」美華好驚訝。

「你的眼皮還有一點腫。」

「啊！」美華忙伸手遮住自己的臉。

「沒有很嚴重啦！不仔細看看不出來。」志翔安慰她，又說：「人家說家醜不外揚，我們才第一次碰面，你怎麼就跟我說這些？」

「沒有什麼不能講的。」美華放下雙手，心中還有氣，「他們常吵架，左鄰右舍都知道。聽說你口才很好，我想，也許你能幫我的忙，勸他們不要吵架，我和我姊都快煩死了。」

「大人的事，我怎麼管得了？」

「唉！」美華垂下頭。

志翔望著娃娃，忽然靈機一動。

「盧伯伯，其實這對結婚娃娃背後有個悲慘的故事，你想不想聽？」

盧彥勛說：「呀！天才銷售員又要開講了，讚讚讚！」

美華也好驚喜。

志翔接過娃娃，一手一個，娓娓道來……

◇◇◇

「你願意一生一世敬愛他，服侍他，彼此依偎，直到永遠嗎？」

「我願意。」

「你願意一生一世照顧她，尊敬她，互相扶持，至死不渝嗎？」

「我願意。」

結婚典禮上，志明和春嬌許下了「愛的誓約」，他們的態度虔敬慎重，激切感動，有如聖靈充滿。

裝扮得嬌豔如春花的春嬌，笑眼帶羞，含情脈脈，讓志明看著心都融化了。春嬌的體貼溫柔擄獲了他的心，八年的愛情長跑，春嬌對他依賴信服，因而構築了他十足的自尊和信心，相信自己能夠帶給她永遠的幸福。

那一天在東海大學的路思義教堂，賀客眾多，冠蓋雲集。

當典禮結束，一對新人步出教堂門口的時候，左右兩列親友拉開拉炮，把空中噴炸成七彩爛漫的線條。他們走完步道，回頭向大家揮手致意，最後不禁被教堂造型感染，一同雙手合十，款款深情的相視微笑。

親友送來許多賀禮，其中兩夫妻最喜歡的，就是一對中國風造型的陶瓷結婚娃娃。他們把娃娃放在床頭櫃，每天睡前看著，都覺得趣味無比，增添浪漫情趣。

新婚後蜜月旅行，去了夏威夷玩一個星期，回國之後延續那樣的甜蜜，又過了半年的兩人生活。然後開始忙於工作，生活才漸漸趨於平淡。

兩年後，兩個孩子依序誕生，春嬌忙得人仰馬翻。為了幫忙支付保母費，她堅持繼續工作，下班後先煮晚餐，再接孩子回家，玩遊戲、洗澡、說故事，一天睡眠時間不到五小時。

志明為了將來能在大學任教，發憤考取了臺北研究所的博士班，一週有兩天時間向公司請假，從臺中北上，兩地奔波。夫妻各忙各的，交集不多，但賢慧能幹的春嬌，總把志明的生活起居照顧得無微不至。

但誰也沒想到，命運之神對這一雙勤奮的夫妻，開了一個可怕的玩笑。

有一天，春嬌上廁所，發現排泄物裡面有血，她擔心的告訴志明。

志明天真的笑說：「痔瘡啦！你每天忙來忙去，火氣大。」

於是春嬌不以為意，跑去藥局買成藥來吃，可是情況並未改善。

三個月後，春嬌連續幾天便祕，下腹部漲痛，非常痛苦。

她坐在馬桶上，用盡全身的力氣，還是無法順利如廁，全身冷汗虛脫，無力的哭喊：「……志明，你快進來，我不行了……」

志明入廁後，春嬌抱著他痛哭，他才驚覺大事不妙，急忙請假，帶她去看醫生。

「我是不是快死了？」春嬌恐慌的望著志明。

「傻瓜，不要亂想，搞不好就真的只是便祕，看醫生吃藥就好了。」

「希望如此。」春嬌無助的抱緊志明，努力給自己一絲希望。

醫生安排儀器檢查的時間，幾天後幫她做了大腸鏡檢查。

藍灰的螢幕上顯示出黝深腸內隧道，鏡頭一路緩緩前行，向前方的黑暗探索。然而平滑的隧道壁上忽然阻塞，宛如巨石擋路。

那月球表面般的腫瘤，讓醫生毫無遲疑的斷定：「嗯，百分之九十是不好的東西。」

那句話如巨浪狂嘯，摧毀了他們辛苦築起的心牆。

不好的東西，換句話說，就是：癌細胞、惡性腫瘤、歹物仔、死亡……

進一步鑑定，大腸癌已到第三期了。

「……嗚……怎麼辦……我是不是快要死了？我死了孩子怎麼辦？」

「不會的，你想太多了，你不要擔心，現在醫學那麼發達，很多人得了癌症還是活得好好的。重要的是心情要維持愉快積極，不要胡思亂想……」

春嬌終日以淚洗面，哀怨嘆息，常常將「死」掛在嘴上。志明也慌了，除了強作鎮定和安慰妻子，他不知道在面對巨變時應該如何處置。

春嬌住院開刀期間，兩個孩子送到阿嬤家照料。

沒了媽媽在身邊，兩個孩子不過一個兩歲，一個四歲，強烈的想念和不安，常常不吃不睡，不停的哭鬧。

「……嗚……媽媽……我要媽媽……」四歲的阿賓想找媽媽。

「……嗚……哇……」兩歲的阿佑只會無言號哭。

「乖喔！乖！阿賓、阿佑啊，媽媽生病在住院耶！你們乖，阿嬤秀秀，阿嬤買糖糖給你們吃。」阿嬤極力安撫他們。

「不要哭了！再哭就不要吃飯。」志明則是耐不住性子，以威嚇來制止。

「嗚——哇——」孩子受到驚嚇，哭鬧得更厲害。

「唉呀！志明，你不能這樣啦！小孩子不懂事，你要哄要騙，不要用喊用罵，沒有用啦！反而會把他們嚇壞的。」

志明的母親看著難過，除了說說他，也只能搖頭嘆氣。

志明好自責。「春嬌是什麼時候出問題的？我怎麼都沒有提早發現呢？如果能早個半年發現，今天就不會這麼慘了。春嬌啊！你怎麼讓自己生這麼大的病呢？」

看著春嬌虛弱憔悴的病容，他除了自責沒及早發現她身體的異狀，心中不免也暗自埋怨春嬌沒好好的照顧身體。

這會兒他得自己買菜、料理家務，醫院、家裡、研究所、公司四頭跑，忙亂無比。許多事以前都不用做的，即使要做，也有春嬌幫忙顧著、提點著，甚至代為處理，但現在他是手忙腳亂，處處疏漏，忙得昏天暗地，焦頭爛額。

在醫院，他還要強顏歡笑，處理春嬌低落灰暗的情緒，就像這一天。

「老婆，你今天看起來氣色真好。」他誇張的咧開嘴，提高八度音。

「謝謝，我知道你是在安慰我。」

「別這樣嘛！」

「說實話，孩子們呢？今天怎麼樣？」

「我剛去看過他們了。很乖呀！喝牛奶、玩玩具，累了就睡覺。」

「少來，我打手機問過媽了，還是哭鬧不停。」

「當然哭鬧不停，哪個孩子受得了沒有媽媽？」志明憋了一肚子氣，這時爆發出來。「你明明知道他們情況不好，為什麼又要故意問我？你明明知道我是在安慰你，為什麼也要故意戳破？你覺得我還不夠煩嗎？」

「你想在醫院跟我吵架嗎？」春嬌流淚，「好，好，可以，我可以假裝天下太平，假裝你和媽，還有孩子都很好，我的病也沒問題。我也不需要跟你說，我今天肚子有多痛，頭有多疼，嘴巴裡頭破了十幾個洞，連呼吸都痛得不得了。好啊！我也假裝都沒事，可以了嗎？」

志明二話不說衝出病房，躲在樓梯間無聲的流淚，簡直心力交瘁。

他當然心疼春嬌，可是他不知道該怎麼安慰她。尤其春嬌每次說到哪裡疼痛時，他就感到一種沉重的壓力和責任，似乎應該幫她解除痛苦，可是他沒有辦法，於是非常無助和挫折。

他只能用正向的言語儘量安撫她，雖然他知道這對春嬌來說也是一種壓力。在這一場壓力承受的考驗中，他承認自己是無能的，非但不擅長化解，還會不小心將逃避當作武器，回擊壓力的來源。

從春嬌的反應中，他也知道自己這麼做不對，可是，他沒有更好的辦法來自處了。

志明心疼自責之餘也感到憤怒，好好的生活節奏，安逸舒適的生活，一下子全亂了。

有那麼幾次在家裡，面對一屋子空虛黑暗時，志明直覺人生乏味。他想躲，想逃，想離家出走，流浪到世界上任何地方都好，只要遠離這裡。或者乾脆將門窗緊閉，拉上窗簾，封閉每一道射進來的光線，將自己囚禁在這一屋黑暗中，不要出去面對難堪的一切了。

他甚至偷偷的閃過一絲念頭：是否要終止這個悲慘的婚姻？

然而，罪惡感瞬間將它消滅了。

他發覺自己長久以來對妻子的依賴，已然成為家中另一個小孩——自私、嬌寵、任性、無恥、卑鄙、懦弱。

「哇嗚——」

他抱頭啜泣，真希望就此在黑暗中澈底消失。

然而命運之神沒有就此罷休。

不久志明在公司例行的體檢中，居然被超音波照出肝臟中有兩個腫瘤，最大的一顆已超過兩公分。

他聽到這訊息如晴天霹靂，腦中一片空白。

他再三向醫生求證，還換不同醫院重複檢查，得到的都是相同的答案。

屋漏偏逢連夜雨，這不幸中的大不幸，叫他如何承受呢？

他跑到公園繞著圈圈不停踱步，希望能替未來理出個頭緒。然而恐懼慌亂占滿心頭，他只能握緊拳頭猛搥樹幹，用身體的疼痛掩蓋內心的憂憤。

最終他得到一個結論，那便是暫時隱瞞，免得徒增家人困擾，還影響春嬌的病情，這也是沒辦法中的辦法。

接著，他如往常般，下班後到醫院照顧春嬌。

幾天後，春嬌異常平靜，試探性的說：「你這幾天怪怪的喔！」

「有嗎？」

「家裡有什麼事嗎？我看你愁眉苦臉的。」

「你生病了，我還笑得出來嗎？」

「我看不是這樣，我開完刀了，醫生說復原良好。接下來預計十幾次的化療，我也做好心理準備了。是孩子生病了嗎？」

「沒有，他們很好，你不要亂猜。」

「還是你怎麼了？公司那邊有問題？還是教授刁難？」

「不是，不是，我沒有問題。」志明努力否認。

「唉！我最辛苦難熬的時候，你都沒這麼沮喪。孩子哭鬧不停的時候，你也沒這麼喪氣。你有心事，你瞞不了我的。」

「嗚……」志明終於忍不住，將滿腔的恐懼和憤怒，隨淚水傾洩而出。「太過分了！可惡！可惡！為什麼是我？為什麼是我？就在你之後。老天爺對我太不公平了，我不甘心……」

他把病情連同對命運的不滿一股腦發洩出來，終至泣不成聲。

「對不起，對不起，是我的病害了你，是我害了你的……」春嬌靜靜的陪丈夫流淚，但很快的，她止住淚水安慰他：「可是志明，只要還活著就有希望。好好的檢查，接受治療，我們要為孩子好好的活下去啊！」

原來在最愛的人面前不需要偽裝，在最愛自己的人面前更不必堅強，志明狠狠的把這一陣子來的煩憂苦痛全都宣洩而出，化成無盡的淚水，溼透了春嬌的病人服。

可從那一天開始，春嬌竟然一掃陰霾，露出笑容。

她俏皮的對志明說：「我原本以為有人可以依靠，誰曉得你靠不住的，這下子我更不能死了，要不然孩子們怎麼辦呢？」

這挖苦的玩笑話，讓志明聽到弦外之音。他相形見絀，暗自慚愧。

志明去研究所辦理休學，又向公司請長假。春嬌辭去工作，兩人暫時擱置人生的計畫，揮別過度壓榨的日子，回歸照顧彼此的健康。

春嬌數次進行化療之際，志明也接受一連串的檢查，胎兒球蛋白、血管攝影、核磁共振、腹腔電腦斷層……

他們一起進醫院，各逛各的部門，最後再集合，分享與討論病情。

春嬌笑說：「以前我們逛百貨公司，我逛我的書店，你逛你的電子產品，只是現在變成醫院。」

春嬌的幽默，大大減低了他的壓力與焦慮。

確定是惡性肝腫瘤後，醫生為他進行治療，漸漸將病情控制住。

或許是同病相憐，當春嬌因藥物副作用而髮落、頭暈、嘴破，極度痛苦時，志明總是抱著她，輕聲撫慰。

而春嬌是過來人，對於志明的情緒低潮十分了解，往往一個堅定的眼神，就能給他慰藉和鼓舞。

他們交換防癌資訊，到有機商店買農產品，打蔬果精力湯。他們互相提醒吃藥，一起運動，慢慢挨著蹣跚和虛弱，彷彿提前進入老年而白頭偕老。彼此依賴日深，感情也越發親密了。

志明曾以為自己是撐起家屋的棟梁，春嬌只是一旁的支架。但此刻他才發現，自己只是一艘隨波飄盪的小船，春嬌才是在岸上繫縛著小船的堅固石墩。

原來，春嬌之前表現出的哀怨是刻意向他撒嬌，希望填補生病的苦痛，而今面對他——這更弱勢的另一半，她調整角色，一百八十度大轉變，堅強振作起來，好給他加油打氣。

女人隱藏的韌性，比男人外表的堅強還剛毅，尤其在她理解男人內心的脆弱如初生的小嬰兒。

而他呢？

生病很痛苦，也幾乎毀了他們的家庭，卻使志明有了新的體驗。

不管抗癌是否成功，將來會不會復發，光陰苦短，稍縱即逝，當他每天一早見到升起的陽光，他總感謝老天給他這些考驗，使他成長。

男孩逐漸長大，長大到足以實現當年所許下的「愛的誓約」。

而他的春嬌，無疑是他最親密的戰友，也是他最敬愛的，教導他實踐諾言的楷模。

◇ ◇ ◇

盧彥勛兩眼發光，望著志翔，半晌才問：「不會吧！這故事是你瞎編出來的嗎？」

「盧伯伯，故事行銷，不要說瞎編，好難聽。」

「喔，不！這故事好好聽，太好聽了，非常感人。」

「……嗚……」美華瞪著志翔，哭著說：「討厭，人家的眼皮又要腫了啦！」

盧彥勛把一對結婚娃娃擁進懷裡，問說：「多少錢？賣我。」

「啊！」夏若迪驚訝的說，「不用啦！盧老闆，你要的話就拿走，自己人，不要客氣。」

「不行，你開個價。」

「不，難得你喜歡，就送你了。」

盧彥勛說：「要不然，就用那一把擀麵棍跟你交換。」

夏若迪想想，說：「好吧！既然你這麼堅持。」

美華問她爸爸：「爸！你要這對娃娃做什麼？」

盧彥勛靠過去，壓低聲音說：「這故事這麼有意義，我要回去跟你媽說，然後拿這當禮物送她。想當初我們結婚時，也是起過誓約的。」

美華眉開眼笑。

志翔拿起擀麵棍，問道：「爸，你借這個做什麼？」

「你媽今天沒排班，她說晚上要包水餃。」

志翔叫說：「啊！我比較想吃披薩。」

沒想到盧彥勛說：「老夏，這樣好了，水餃改天再包，今天晚上帶全家來我家，我做披薩請你們吃，那把擀麵棍我就借走了。」

美華說：「我爸的披薩是公認的好吃喔。」

「這怎麼好意思呢？」夏若迪說。

「啊！應該的，我要謝謝志翔，這小子真有兩把刷子。」盧彥勛誠摯的說。

「謝什麼？」夏若迪是滿頭問號。

「嘻！」志翔和美華卻相視而笑。

夏若迪把擀麵棍抽走，交給盧彥勛。

那一瞬間，志翔彷彿看見棍子上頭烙印了兩個小字。

雖然沒看仔細，但他腦中卻出現金黃色的陽光烘烤著大地的影像——那高溫蒸騰的空氣中，晃蕩著雄偉的金字塔和黃麥田，還有起伏不定，綿延千里的褐色沙丘。那專屬於沙漠的悶暑，使他整個鼻腔充塞乾燥灼熱，想快快吐出舌頭，呼口氣……

「咦？怎麼會這樣？」

志翔回過神，想追上前確認是什麼字，卻已經不見盧伯伯和美華的蹤影了。

第七話

金麥擀麵棍

志翔並沒有為了確認那兩個字跡，而跑去盧伯伯的攤子。他心想，不急，反正晚餐時到了盧伯伯家，答案就見分曉了。倒是瞥見那模糊字跡時，腦中生出的埃及影像十分壯觀：

金黃色的陽光烘烤著大地，高溫蒸騰的空氣中，晃蕩著雄偉的金字塔和無邊無際的麥田，遠處還有黃褐色的沙丘，綿延千里……

一整天，志翔都讓這影像不斷在腦海重播，陶醉其中。

五點市集收攤之後，夏若迪的老婆江夢蝶到舊貨攤跟他們會合。

一家三口開車前往，到了盧家的大樓底下，夏若迪和江夢蝶不約而同驚嘆一聲：「哇，這地段……」

管理大廳內，一個西裝筆挺的管理員早已接到命令，訓練有素的迎上來。問清姓名，登記之後親自領著他們上樓。

到了二十一樓，盧彥勛一家已經在門口迎接。

盧彥勛身上的圍裙還沒拿下，手上還沾著白麵粉。「歡迎，歡迎，這我老婆金智賢，大女兒盧美芬，小女兒盧美華，她們是雙胞胎，只差三分鐘出生。」

「夏伯伯，夏媽媽，夏志翔，你們好。」兩姊妹同時鞠躬。

志翔看看兩姊妹，彷彿同一個模子刻出來似的，不禁噗哧一笑。

夏若迪拍拍肩膀，說：「喂！沒禮貌。」

金智賢笑說：「很正常啊！誰叫她們長得這麼像。」

「我們才不像呢！」兩姊妹竟然異口同聲，而且一起抱胸，別過頭去。

夏若迪笑笑，介紹說：「我老婆江夢蝶，這是我兒子夏志翔。」

一旁的志翔也點頭問好：「盧媽媽好。」

「哈！」金智賢說，「大名鼎鼎的說故事高手，夏志翔，我剛剛才聽完你的故事『陶瓷結婚娃娃』，真是感人啊！實在太厲害了。所以啦！我就起了佛心，原諒我老公啦！你來看。」

她拉志翔進門，大夥兒跟著進入客廳。

金智賢手一揮，只見那一對俏皮的結婚娃娃高高的供在電視櫃中。而盧彥勛正搔著頭，一臉尷尬。

「哇！你們家好大喔！」江夢蝶讚嘆。

那客廳一看也有二十坪以上，精緻高雅的裝潢，擺設了精美沙發、百吋電視、紅木酒櫃，一旁還有一架白色烤漆大鋼琴。

夏若迪問：「這是豪宅了嘛！」

「嘖！嘖！」江夢蝶咂舌頭，羨慕的說：「想不到盧老闆買賣舊貨，能賺到這麼多錢啊！真是不簡單。」

「哪有？舊貨能賺什麼錢？」金智賢音調拉高，「這房產算是我們祖先積德吧，長輩過世後留下的遺產。」

盧彥勛陪笑著，雙手不停在圍裙上抹來抹去。志翔看盧媽媽的皮膚和身材都保養得極好，相形之下，媽媽就顯得暗沉蒼老。他還發現，媽媽誇張的欣羨表情中有著不自在，似乎在後悔出門前沒有化妝。

金智賢帶夏若迪和江夢蝶參觀屋子各處，盧彥勛亦步亦趨的跟在後頭。

「那一把擀麵棍呢？」志翔不去參觀，而是問美華。

「在廚房啊！」

「帶我去看。」

美華帶他繞過兩個走道，進了廚房找到擀麵棍。

志翔終於看見了，那上頭烙印了兩個黑黑的楷體字「金麥」。他不禁恍然大悟：「難怪了……」

「咦？什麼意思？」美華問。

「還不知道。」志翔的話帶著玄機。

不一會兒大人也參觀到這兒。

美華問爸爸：「這擀麵棍是怎麼來的？這烙印的字又是什麼意思？」

盧彥勛說：「這是在一家舊貨攤清倉大拍賣時買來的，那時我幾乎包了攤子上一半的貨物，根本沒注意到這個烙印。」

姐姐美芬湊過來說：「金色的小麥。」

「小麥釀的啤酒也是金黃色。」美華說。

金智賢催促說：「你們擠在廚房做什麼？快到客廳吃披薩呀！」

大夥兒這才回到客廳，吃起料多味美的大披薩。

盧彥勛的手藝果然名不虛傳，海鮮總匯、德國香腸、田園蔬果，各種口味的披薩，鮮美材料加上香濃牽絲的起司跟鬆軟的麵皮，真是人間美味啊！

江夢蝶邊吃邊笑說：「糟糕，我的減肥計畫要失敗了。」

夏若迪也說：「盧老大，你該改行去賣披薩，保證生意興隆。」

「哈哈哈！」盧彥勛笑得很開心。

這時兩姊妹忽然吵起嘴來。

美芳說：「等一下寫功課，不准你抄我的數學解答。」

「你上次還抄我的國文練習卷呢！」美華說，「你每次國文都考不到八十，真奇怪，你是外國人喔？」

「你前天英文考不及格，還敢來笑我。」

金智賢不高興：「別再『龜笑鱉無尾了』，兩個半斤八兩，說下去只會在客人面前丟臉而已。」

志翔急忙說：「啊！我想起這個擀麵棍上『金麥』兩個字的來歷了。你們要不要聽？」

「喔！你怎麼會知道？」大家異口同聲發問。

「這問題，等我說完故事再回答。」志翔說。

◇◇◇

胡春保，法國「世界麵包大賽」的總冠軍，現任「全球麵包協會臺灣分會」的理事長，在得獎之後的第五年突然對外宣布，他要永遠退出麵包界，引起舉世震驚。

胡春保說：「我會這麼做，是為了紀念一個人，他是我這一生中最可敬的對手。」

這件事得從三十六年前，胡春保在金麥麵包店當學徒的第二年開始說起。

「金麥」是有名的麵包老店，當年的老闆阿塗師是高齡六十六歲的老師傅，一身絕技，年輕時曾遠赴東洋，師承日本麵包名店「木村家」的甜麵包手藝。

「木村家」可說是日本麵包店的開山鼻祖，製作的紅豆麵包最是經典，內餡軟糯香甜，外皮咬來回彈有勁，濃濃麥香，風靡全日本。

阿塗師刻苦學習六年，回國後開了「金麥」麵包店，生意興隆，因此主動來拜師學藝的年輕人非常多。他收學徒，但每個新人必須經過一年的試用期，沒通過耐力和毅力考驗的，二話不說，即刻叫他打包走人。

胡春保那時十八歲，來自窮困農家，胸無大志，只懂得認分工作，對將來的計畫，僅只開一家小麵包店養家活口就心滿意足。哪裡曉得通過一年的試用考驗之後，新來一位師弟，竟然澈底改變了他的一生。

阿塗師指示胡春保帶著師弟，兩人住同一間宿舍，睡上下鋪。

劉品逸十七歲，理個小光頭，白淨的臉上，兩顆黑眼珠慧黠的滾來滾去。「師兄好。」一聲撒嬌，一個有禮貌的鞠躬，一個靦腆的笑，讓胡春保覺得備受尊重，油然生起照護師弟的責任感。

「師兄，我如果睡覺打呼吵到你，你儘管賞我巴掌叫醒我，沒關係。」

「師兄，我已經幫你把外套吊在衣架上了。這脫下來的外套要吊掛起來才好，隨便扔在床上是會皺的。」

「師兄，我今天看見師父一口氣吃了三片核桃糕。我想，改天我領了零用錢，想買幾兩凍頂烏龍茶給師父配著吃，可以解解甜膩。」

胡春保好驚奇，這個劉品逸不像其他鄉下來的學徒般土氣，講出來的話都像在外生活過似的。

胡春保說：「我睡覺時像一頭死豬，你不會吵到我，倒是我很會打呼，保證把你吵到睡不著，哈！」

「那我們半夜一起合唱嘍！」劉品逸調皮的說。

「我說這外套皺了有什麼關係？拿起就穿了，不是嗎？」

「因為我們家不穿皺衣服，以前我爺爺嚴格要求，衣服都要燙平了才能穿。」

繼續問了之後才知道，原來劉品逸家原本是名門望族，田產百甲，他就讀一家明星私中，成績優異。無奈父親賭光家產，負債累累，沒錢供他讀書，他只好來學一技之長。

在「金麥」修業的日子挺難熬，阿塗師非常嚴格，每道工序絲毫不能馬虎，烤爐的火候，出爐的時間，都得精準拿捏，稍一出錯，免不了轟雷似的責罵，有時還得被師父敲頭。

每到節慶大月，或是接到大筆訂單，師徒十幾人加班再加班，擀麵團的人手臂痠疼，包餡料的人手腕發炎，負責顧烤爐的人全身熱燙中暑，常聽到廚房內有人唉唉慘叫，卻獨獨胡春保和劉品逸從無怨言，咬著牙拚命工作，通宵達旦，廢寢忘食。

阿塗師看在眼裡，銘感在心，因此年終紅包，兩人總是最大包。

度小月的某一天，劉品逸徵得阿塗師的同意，跟供貨商買材料，下班之後留在店裡亂做東西，然後拿給胡春保吃。

「師兄，我改了配方比例，高筋麵粉加百分之十五，奶油少一成，你嚐嚐這款羅宋怎麼樣？」

「阿逸啊！你不要浪費錢亂搞啦！師父的麵包已經非常好吃了，你乖乖學就好了啊！將來打著阿塗師的名號，一輩子不愁吃穿。」

「師兄，你閉起眼睛，專心的吃我的麵包，看看有什麼不一樣。」

胡春保照著做，說：「是有點不一樣，但是，怪怪的。」

「太好了，有不一樣了。」劉品逸好開心，「我的羅宋麵包口感比較韌，奶香輕一些，但是麥香反而突顯出來了。」

「喔！經你一說，真的是這樣。」

劉品逸天真問：「師兄，你將來出師之後，有沒有什麼打算？」

「唉呀！什麼打算，就開家小店，娶個老婆，生幾個孩子，這樣我就很滿足了。你呢？」

「我啊！我要做出全臺灣最好吃的麵包，而且是別人沒有的麵包。」

聽見這個偉大的志向，胡春保覺得自己好渺小。

從那時起，胡春保開始有「稀奇古怪」的宵夜可以吃。

「師兄，咖哩蜜餞麵包，你吃看看。」

「師兄，紅豆加麻芋當內餡，沒吃過吧！」

「唉唷！阿逸啊！你今天又做了什麼碗糕？」

這些「碗糕」，常讓胡春保傻眼，甚至啼笑皆非。它們跟師父教導的口味、嚼勁、香氣完全不同，完全顛覆他的想像，可是細細品味，卻有許多驚喜的滋味。

胡春保好慚愧，他比劉品逸早來了一年，學起師父的手藝都覺得辛苦，但這毛頭小子卻是天縱英才，不受拘束，雖然偶爾難免會有失敗之作——

有一次劉品逸更動咖哩麵包的配方，在麵粉裡面加雙倍的咖哩粉，營造強烈氣味，但是內餡不加咖哩，改成油蔥滷肉，而且還故意混入柴魚片。胡春保吃下一口之後，一股豬屎的臊味從上顎竄上鼻腔，當場苦了臉。

想不到劉品逸興奮的說：「今天最大的收穫就是，沒有什麼東西是不能互搭的，只是沒達到完美比例。」

然而就是那一次的刺激，讓胡春保開竅了，他突然眼睛亮了，鼻子靈了，舌頭刁了，以前囫圇吞下肚的東西，他能清晰的分辨出各種材料的獨特滋味。那就像打開糾結纏繞的一堆色線，又像是在一口糊爛的八寶粥裡，輕鬆的用舌尖挑出紅豆、綠豆、花豆、黑豆、小米……

胡春保深受啟發與激勵，漸漸的，他發覺自己竟然能領會阿塗師各種麵包配方的配置道理，甚至融會貫通，窺探出專屬於師父的麵包藝術。靠著比師弟多一年的熟練技藝，胡春保也受到劉品逸的無限敬佩。劉品逸常感嘆，自己沒有師兄的好定性，如果說他是到處掠奪新領土的蒙古可汗，那師兄就是深入經營一個富強小國的君主。

兩人常在夜裡喝啤酒聊天，研究麵包的學問。天下難得知己，結交志同道合的好友更是不易，彼此心中都佩服對方，卻也把對方當作對手，隨時來激勵自己。

原本三年四個月可以出師，胡春保懇求阿塗師多留他一年，為的就是跟劉品逸繼續切磋，直到他也修業完畢。

阿塗師非常喜歡這兩位徒弟，在他們出師離開那一天，各自送兩人一枝擀麵棍，握把上還烙印「金麥」字樣，作為勉勵和紀念。兩人激動感謝，視為珍寶。

出師之後，胡春保開了「小麥山」麵包店，劉品逸開了「花果麥」麵包店，兩家都有「麥」字，表示感恩師承，飲水思源，不敢忘本。他們還相約每個月聚餐，分享彼此心得。

劉品逸很快的推出獨家研發的新產品——「花果酵母系列」麵包，混合各色香草香花和蔬果來培育天然酵母，麵包Q彈有勁之外，還帶著淡淡的花草香，不僅受到臺灣人喜愛，也吸引國外遊客列為來臺遊玩必買名產。

胡春保也努力開發自己的新麵包，可是他總覺得追趕得非常辛苦，望塵莫及，最後只好回頭鑽研阿塗師的配方，讓產品優點更加凸顯，才獲得顧客大力讚賞。

為了增加「小麥山」的能見度，胡春保積極參加麵包製作比賽，他鍛鍊技藝，操練到極致。就在出師之後的第三十一年，他終於榮獲法國舉辦的「世界麵包大賽」總冠軍的最高榮譽。

劉品逸從來不參賽，他知道自己的奇巧創意可以擄獲消費者，但論起正宗的技藝，在評審的眼中，他是不夠扎實的。

「花果酵母系列」之後，他又開發「後現代混搭系列」，草莓搭芥末、紅豆配老薑、奶酥混辣椒，帶領粉絲穿越外太空發現新星系，也因此受到「全球麵包協會」贈予「麥麒麟五顆星」的最高榮譽，就在胡春保得獎的同一年。

更巧的是，兩人在接受記者專訪時，都不停感嘆。

胡春保說：「我非常羨慕我的師弟阿逸，甚至嫉妒他的天才。他總是有那麼多創意，就像大畫家，隨便揮灑幾筆就是教人驚豔的藝術品，而我卻要精雕細琢，揮汗如雨，才會有一點點美麗。」

劉品逸說：「我很崇拜我師兄胡春保，他講求細節，鑽研極致的精神，是我所欠缺的。他堅毅卓絕，刻苦耐勞的堅持，是我永遠都做不到的。」

胡春保說：「我曾經埋怨上天，沒給我全部的知識和技藝，卻又感謝上天，讓我認識了阿逸，敏感了我全部的神經。」

劉品逸說：「感恩師兄，他讓我明白自己的不足和長處，沒有他，我不可能發明那麼多新麵包，開拓人們味覺的新領域。」

而就在五年後，劉品逸因猛爆性肝炎突然辭世。

胡春保傷痛欲絕，在參加完喪禮之後，偕妻子兒女召開記者會，宣布退隱的消息。

「我們是一體的，所以在他離開之後，我們應該也是一體的。」

說完，他在金盆裡點燃烙印著「金麥」字樣的擀麵棍，眼看它漸漸燒成黑炭。

熊熊火焰中，他的兩道淚水映著金光，閃閃不絕。

美華和美芬受到感動，眨著眼睛，互相對望。

「不對呀！擀麵棍不是已經燒了？怎麼……」江夢蝶說。

「對呀！不合理。」夏若迪說。

盧彥勛說：「燒掉的是胡春保的，這一把留下來的，是劉品逸的。」

「掰的。」美芬抗議。

「對，自己亂編的。」美華也不滿。

金智賢說：「喲！這會兒，你們兩姊妹又有志一同啦！」

盧彥勛說：「掰得好啊！超級勵志的故事，真厲害！天才，天才！」

江夢蝶謙虛說：「哪有！就會耍嘴皮。」

志翔笑而不語。

美華繼續吃披薩，然後說：「不過，聽完這故事，我覺得嘴裡的披薩美味升級了。」

「變成冠軍披薩了。」美芬附和。

志翔說：「喔！你們姊妹比我還會掰。」

盧彥勛開心的說：「看來，這個擀麵棍又能賣出好價錢了。」

大家哈哈大笑。

這一頓聚餐在快樂的氣氛下結束。

回程的路上，夏若迪開著車，一邊說：「看來，盧老大擺舊貨攤，只是做消遣的。」

江夢蝶坐在副駕駛座，她欣羨的說：「可不是嗎？他們家的房子抵得上我們家十戶。」

志翔卻說：「別羨慕人家，快樂不是金錢買得到的。」

「你這小鬼，用不著你來教訓我。」江夢蝶說。

「看來盧太太是被『陶瓷結婚娃娃』的故事打動了，他們夫妻關係不錯啊。」夏若迪說。

志翔把玩著那把金麥擀麵棍，說：「爸！這隻擀麵棍留下來擀水餃皮，不要當舊貨賣掉，好嗎？」

「當然！」夏若迪說。「這麼有意義的擀麵棍，當然自己留著用嘍！」

這一夜，就在回味披薩香的美夢中度過了。

一個星期後，週六這天，志翔又興味盎然的跟爸爸到舊貨市場擺攤。

東西才剛剛擺設好，美華就出現在志翔背後。

「夏伯伯好，嗨！夏志翔。」

夏若迪有點驚訝，說：「啊！你也來幫你爸爸顧攤子嗎？」

「沒有啦！」美華搖搖頭說，「今天是月底，有拍賣會，我爸忙著要顧店，叫我帶志翔去看看，順便幫忙賣他那一把摺扇。」

「太好了，我等這一天等很久了。」志翔期待的說，「為了我魂牽夢縈想收藏的套書，快帶我去。」

於是，美華開心的領著志翔，往舊貨市場的西南角走去，兩人邊走邊聊。

「夏志翔，你真的好會說故事，一把擀麵棍也能掰得那麼精采。我爸是買賣東西的老手了，他的口才都沒你厲害。」

「還好啦！只是講個故事而已。」志翔客氣的說。

「你什麼時候開始會講故事的？」美華很好奇。

「我忘了。」志翔聳肩。

「回想看看嘛！」

「好像小時候就會了。」

「我真想聽聽你的第一個故事。」美華拉起志翔的手，邊搖邊撒嬌。「拜託啦！一定很好聽。」

「嗯……」志翔認真的陷入回憶，老半天才說：「有了，我想起來了，那是一個非常特別的故事。」

「什麼樣的故事？」

志翔賣個關子，只說：「跟『火』有關。」

第八話

迷你瓦斯爐

「有關『火』的故事？什麼意思啊？」美華繼續搖志翔的手，「不要故弄玄虛嘛！」

「那是說給我的小表弟聽的。」志翔停下腳步，「一個『迷你瓦斯爐』的故事。」

「迷你……」美華歪著頭想了兩秒，「攜帶式的那一種瓦斯爐嗎？」

「沒錯，我讀國小五年級的時候，去小阿姨家吃火鍋，臨去之前，小阿姨打電話來說他家的電磁爐壞掉了，問我家有沒有？我家沒有電磁爐，但有個迷你瓦斯爐，就帶過去用。小阿姨有個孩子讀小一，叫做潔明，見我們全家進門，很有禮貌的打招呼：『阿姨好，姨丈好，表哥好。』」

「他很聰明啊！」美華咧嘴笑。

「我爸也這麼說。不過小阿姨卻發起牢騷說：『潔明啊！聰明是還好，懶惰倒是真的。不愛寫功課，常遲交，還寫得歪七扭八。老師常常打電話來，我也常罵他，他還是懶惰，真是傷腦筋。』潔明在一旁嘟起嘴巴，一臉不高興。」

「那氣氛不是很尷尬？」

「我問表弟：『你喜不喜歡聽故事？』他點頭。小阿姨說：『他最喜歡聽童話故事了。』剛好那時我讀了一本有關『火』的科學期刊，所以我想了想，問他說：『你聽過瓦斯爐阿火的故事嗎？』」

美華拉著志翔的手臂，嚷嚷說：「快講，我也要聽。」

「於是，我把迷你瓦斯爐放在桌上，點燃它，盯著那熊熊火光，開始說……」

阿火是一個單嘴小火爐，他和伙伴阿星架在同一個爐臺上，組合成一臺高級的雙口瓦斯爐。

這時候，他們正躺在一棟豪華別墅的漂亮廚房中。

身旁有一張光潔亮麗的流理臺，上頭擺放進口的餐盤和鍋具；流理臺邊有臺四門大冰箱，裡面塞滿點心和飲料；冰箱前方是一個吧臺，存放好多珍貴的紅酒；再過去是客廳，擺設了精美的牛皮沙發、百萬音響和水晶吊燈，都閃耀著美麗的光芒。

豪宅裡的人出門了，阿火無奈的吐出一口氣：「唉……」

阿星聽了，疑惑的說：「喂！你很奇怪，我們住在這麼漂亮的屋子，你居然還嘆氣？」

「唉！你不覺得很無聊嗎？來到這裡已經一個多月了，主人只用我們燒過一次開水。」

「男主人和女主人都要上班，早出晚歸，哪有時間做菜？而且小主人的零用錢很多，每天自己買外食解決三餐。他們省時間，我們省得工作，多好啊！」

「要不是那一天，主人為了泡茶煮開水，我看我們會變成沒用的裝飾品。」阿火好委屈。

「那不是很好嗎？」阿星開心的笑，「輕鬆悠閒，多舒服。」

阿火不高興的說：「你忘了離開爐具工廠那一天，廠長對我們講的話嗎？」

「什麼話？」阿星想了想，「有嗎？」

「廠長說……唉！算了。」

既然阿星連這麼重要的話都忘記，阿火也不想多說了。

但阿火清清楚楚的記得，出廠那一天，所有的新瓦斯爐都在倉庫門口集合，聽廠長勉勵他們。

「我的好兄弟們。」廠長高高的站在木箱上，堅定又誠懇的對大家說：「你們擁有最堅固的材質，能噴燒出最純青的火焰，你們是全世界最高級的爐具。今天大家就要出發去工作了，請發揮最高的品質，為人類烹煮出幸福的味道吧！」

「為人類烹煮出幸福的味道。」這句話是阿火的使命，也是他的座右銘。

但真不幸，他住進一個不開伙的家庭。

小主人常常在超商買了微波食品回家，吃完之後，把塑膠盒丟進水槽。

女主人回家後總是嚷嚷：「小寶，媽媽跟你講過多少次了，塑膠類垃圾回收之前，必須清洗乾淨。你不要這麼懶惰，好不好？」

「喔！」房間裡總是這樣簡短回應。

有時候男主人也在，會不高興的說：「你媽媽在跟你講話，你到底有沒有在聽？」

「喔！」還是這一聲回答。

阿火不明白，明明是一間漂亮的大廚房，應該充滿各種山珍海味的香味才對，但別說什麼「幸福的味道」，整個廚房連一絲油煙味都沒有。

有一天，男主人說：「既然小寶常買微波食品吃，不如我買一臺微波爐，你買一些冷凍食品冰在冷凍庫，小寶想吃時就可以用微波爐加熱，也省得跑去外面買。」

「好啊！」女主人走進小寶的房門，問他：「你喜歡吃什麼冷凍食品？」

「隨便！」

「嗶砰——嗶嗶砰——」

一陣陣打電動的聲音，從他的房間傳出來。

「義大利麵好嗎？」女主人又問。

「嗶砰——嗶嗶砰——」

「隨便！」

「冷凍炒飯呢？」

「隨便啦！媽，不要吵我，會害我過不了關。」

女主人默默的走出來，關上房門。

第二天傍晚，宅配公司送來一個大箱子。

晚上，阿火終於在廚房聞到撲鼻的義大利麵香味，但那不是來自於他和阿星的烹煮，而是新來的「微波爐」的功勞。

隔天一早，廚房飄來蒸肉包的香味，阿火看見微波爐正冒出熱氣。

「小寶，快來吃早餐。」

「喔！」小寶已經穿好衣服，把肉包塞進書包，頭也不回的開門出去了。

「唉！這孩子。」女主人搖頭。

阿火聞著肉包香，不禁疑惑起來：「這是幸福的味道嗎？」

晚上，男主人回家時拎著一個電熱水壺，對女主人說：「這是微電腦電熱水壺，加熱很快。」

「好方便喔！」女主人說。

說完就用它煮開水，泡了一杯咖啡。

男主人回頭看看瓦斯爐，說：「小寶常常一個人在家，我擔心他哪一天點火煮東西，燙傷了，甚至不小心引起火災，那就麻煩了。」

「說得也是。」女主人說。

「我看把這臺沒有用的瓦斯爐賣掉吧！」

「有道理。」

就這樣，第二天，阿火和阿星被賣給了二手廚具店。

阿火好傷心，疑惑又焦慮的不斷問自己：「我真的是一臺沒有用的瓦斯爐嗎？」

「面對現實吧！當人們不需要你的時候，你就是沒有用的東西了。」一臺舊冰箱在一旁說，「你看看我，我的馬達強勁，冷凍力一級棒，可是我已經在這家店待了十年，從沒有客人瞧我一眼。」

「啊！」阿火說不出話，只覺得他的一顆心，似乎一直縮小，一直縮小，幾乎快要消失不見了。

阿星反而擔心起來，說：「唉！好日子過去了，將來不知道會遇到什麼樣的主人？求老天保佑我，能像以前一樣舒舒服服的生活，最好永遠躺在這裡休息，都不必工作。」

舊冰箱說：「哈！你不必擔心，現在的人什麼都要用新的，即使二手的東西還很好用，也很難受到客人歡迎。這一位不想工作的朋友，這裡就是廚具的安養院，你就安心的睡你的大頭覺吧！」

阿星開心的說：「如果是這樣，那就太美好了。」

「那也不一定。」炒菜鍋潑他冷水，「上個月來了一臺剉冰機，看起來老態龍鍾，可是人家才來兩天就被買走了，客人把它當古董，老闆因此賺了一大筆錢呢！」

阿火聽到這些話，心裡冒出一株希望的幼苗。他也祈禱起來：「求老天保佑，讓我遇見一個欣賞我，願意給我工作的好主人，拜託，拜託……」

幾天過後，一位餐廳老闆來買十臺瓦斯爐，第一個選上的就是阿火和阿星組合的爐子。他把爐臺拆開，爐嘴分開，分別改裝成二十個獨立的單嘴瓦斯爐。

這是一家吃到飽的餐廳，店名叫做「誰怕誰」火鍋店。

客人只要繳了錢，就可以無限量的取用各種肉類、海鮮、蔬菜、菇類，直到吃不下為止。店內只有兩個規定：一、用餐時間限制兩個小時。二、浪費太多食物沒吃完的人，要罰兩百元。

開幕那一天，二十張桌子一下子就坐滿了人，服務生忙著幫客人點湯底的種類，緊接著，每個人都擠到冰櫃前面，拿了大盤子裝滿食材，這時一鍋湯底也送上來了。

阿火被點燃，他使勁的噴火，用力的燃燒，盡情的製造出純青的火焰，把鍋子裡的湯頭煮得咕嚕咕嚕的大叫。

客人把盤子清空了，又去搜刮一堆食材回來，蝦子、蛤蜊、肉片、火鍋餃、丸子、芋頭、青菜……，一盤盤的食材擺放在桌上，連續不斷的下鍋，煮熟了，沾了醬料，被吹去熱氣，再一一送進嘴巴；每張嘴大口大口的嚼著美食，拚命的吃了又吃。

看著他們動個不停的嘴巴，阿火似乎聽見他們在催促自己：「瓦斯爐加油！趕快煮，趕快煮！」

他覺得自己和這些嘴巴組成合作無間的工作團隊，彼此配合得非常完美。

他開心的對自己說：「我終於來到對的地方了，哈哈！」

深夜打烊後，不習慣工作的阿星，痛苦的哇哇大叫：「我的天哪！累死我了，腰痠背痛，全身無力，我快要死掉了。」

「是啊！太累了。」其他火爐也拚命的抱怨。

「工作量太多了，我會累垮的。」

「以前在別人家，我一天煮三餐，頂多工作三小時，可是在這裡卻是三倍的時間，太苦了。」

阿火也說：「對呀，好累喔！可是好開心，終於可以好好活動筋骨，發揮我的潛能，用力的煮煮煮。真期待明天的開店時刻早點到！希望能有更多客人上門。」

「你說什麼？」阿星說，「你閉嘴。」

「對！你這傢伙，就愛跟大家唱反調。」

「你那麼愛煮，明天跟老闆說，把全部的鍋子都給你去煮，看你多能煮？」

大家把不滿發洩到阿火身上。

「好好好，我閉嘴。」

阿火識趣的閉了嘴巴，餐廳變得好安靜，沒多久就傳來大家呼呼的打鼾聲。

雖然忙碌了一整天，全身痠疼，但阿火仍然興奮不已，好想找個人聊聊天，分享他的喜悅。只可惜，每個瓦斯爐都累得睡著了，只剩他醒著。

「吱吱！」

昏暗中，阿火看見黑影在他身邊跑來跑去。

「喂！你怎麼還不睡覺？」一隻老鼠說。

阿火問：「你是誰？」

他說：「我是老鼠小傑，我和同伴們出來找吃的。」

「你好，我叫做阿火，我今天高興到睡不著。」

「什麼事這麼開心？」小傑好奇。

「那是因為……」阿火把快樂的心情，全講給小傑聽。

「那很好啊！開心最重要。」小傑說，「對了！你知不知道哪裡有東西可以吃？」

阿火說：「廚房後面的廚餘桶有很多食物。」

「太好了。」

小傑一聲召喚，老鼠們就跑去廚餘桶裡吃起來。

從此，小傑和阿火成了好朋友。

一個多星期過去，阿火看見許多客人不只「吃到飽」，還為了「吃夠本」，不惜「吃到吐」。

許多人一開始就夾了幾大盤食材，架上一下子就空了，而只要新的食材補上來，立刻湧上另一批人，沒命的爭搶。

他這一桌常常有客人要求加湯頭，老闆發現是爐火太猛烈，建議客人把火關小一點，免得湯汁蒸發得太快。

客人把火轉小了，但是阿火無法忍受自己燒出慢條斯理的火焰，又偷偷的把火勢加大。

有一天，他這桌客人留了五盤食物沒吃完，老闆不高興說：「請吃完再離開。」

四個客人猛搖頭。

有人說：「我們寧願罰錢。」

另一人說：「你不能逼我們吃東西。」

一個女客人更生氣：「太過分了，明明你自己浪費，還怪我們浪費。」

「我浪費？」老闆一臉疑惑。

「沒錯！你放著這個壞瓦斯爐一直燒大火，浪費能源，你根本沒有資格說別人浪費。」

老闆啞口無言。

「哼！」客人拍拍屁股離開了。

老闆非常生氣，把阿火拆了，丟到廚餘桶旁邊。

阿火好難過，還好小傑晚上來安慰他。

「不要傷心，等老闆氣消了，就會讓你回去工作的。」

可是一天天過去，老闆來看他一眼都沒有，阿火好失望。

阿星羨慕阿火不必工作，就故意偷懶不用力給火。客人抱怨火鍋煮不滾，老闆檢查過後，也把阿星拆了，丟到廚餘桶旁邊。

阿星開心的說：「嗨！我來陪你享福了。」

阿火卻說：「不！我想回去工作。」

「你這傻瓜，躺在這邊多舒服愉快啊！」阿星說完，懶洋洋的睡起覺來。

阿火完全不想跟阿星多說話。

夜裡，小傑又來找阿火，阿火對他說：「我受不了，我不想當廢物，求求你帶我離開，好嗎？」

「你想去哪裡？」小傑問。

「我想回去二手廚具店，在那裡，至少還會有工作的機會。」

「好，我來想辦法。」

小傑找來老鼠同伴，合力把他抬起來。

臨走前，阿火問阿星：「要不要一起走？」

阿星說：「不！這裡很舒服，我哪裡都不去。」

於是老鼠們把阿火送回二手廚具店。

隔天早上，二手店老闆發現貨架上多了一個爐嘴，看看還很新，就擺在最前面。

幾天後，一個小女孩拉著戴墨鏡的女人出現在店門口。

女人說：「老闆，我家的瓦斯爐壞了，但是我錢不多，只能買一口單嘴的爐。」

老闆拿起阿火，說：「這個單嘴爐正好適合你。」

女人拿在手上摸摸，點點頭，問：「你能不能到我家，幫我安裝好呢？」

「沒問題。」

「太好了，我又有工作了。」阿火好高興。

這個新家是個老公寓，屋子不大，廚房更小，原來女人和女孩是一對母女，瓦斯爐安裝好之後，媽媽開始煮晚餐。

名叫小萱的女孩說：「我來幫忙洗菜。」

「好。」媽媽說，「那麼我來切蒜頭。」

阿火感到很奇怪，天色漸漸暗了，屋子裡的光線也不刺眼，為什麼媽媽還戴著墨鏡，不摘下來呢？

媽媽從冰箱拿出蒜頭之後，放在砧板上，拿菜刀切著，可是她的臉卻直楞楞的朝著牆壁，沒有低頭看，阿火這才發現媽媽是一位盲人。

「喔！看不見的人能煮菜嗎？」阿火半信半疑。

媽媽切好菜，開始炒菜。

「漆嚓——漆嚓——」鍋子裡瞬間冒出油煙。

阿火漲紅臉噴出大火。

媽媽掀開鍋蓋，翻動鍋鏟，不一會兒就驚慌的說：「唉呀！有怪味。」

她急忙熄火，把菜盛起來。

小萱湊上來看，說：「媽，炒焦了啦！」

「真是對不起，媽媽還不習慣這個新的瓦斯爐。」

這時爸爸回家了，聽到聲音走過來，伸手要摸阿火。

小萱急忙阻止：「不，才炒完菜，爐嘴還是燙的。」

阿火發現爸爸也戴著墨鏡，他也看不見。

媽媽說：「我再炒盤洋蔥肉絲，就可以吃飯了。」

這一回阿火不敢用力噴火了，他用的是正常的火力，使得洋蔥肉絲炒起來又香又嫩。

全家在客廳吃飯，一邊閒聊。

小萱說：「今天我們班的林大同，打噴嚏的時候突然放屁，全班都大笑。」

「哈！真有趣。」爸爸說。

小萱又說了幾件學校的趣事，爸媽都呵呵笑。

阿火覺得這個家庭跟以前那個家庭很不一樣，不漂亮卻很熱鬧。

隔天早上，媽媽熬稀飯，阿火又噴射出強火，害一鍋粥煮出焦味。阿火檢討了一番，他決定要好好觀察媽媽的煮菜習慣，然後幫忙加減火勢。

從那一天的晚餐開始，他就注意每道菜飄散出來的味道。如果有焦味，表示火勢太猛烈，他需要減少供火；如果香味十足，那就是火候剛好；如果起鍋的菜沒什麼氣味，那就是火勢太小，食材沒有熟透，需要加強火力。

幾頓飯下來，阿火已經掌握了媽媽做菜的習慣，也懂得如何配合她了。

爸爸誇獎說：「老婆，今天的菜好好吃喔！」

小萱也說：「我也覺得進步很多耶！」

媽媽笑說：「可能是買了一臺好瓦斯爐的關係吧！」

阿火聽了，感到很欣慰。

小萱說：「我今天數學考了八十分，我也進步了喔！」

「哇！小萱好聰明。」媽媽說。

「小萱好棒！來，爸爸抱一下。」

小萱靠過去，爸爸抱了她。

媽媽說：「給我親一下。」

小萱把臉頰靠近媽媽。

「啵——」媽媽故意親了好大一聲。

「哈哈哈！」全家都樂翻了。

聽著一家人談天說地，聊著有趣的事情，阿火突然聞到一股奇妙的香味。他認真的嗅了嗅，發現那味道除了晚餐的菜香之外，還有一個特別的氣味。那氣味透出笑語的甜蜜、關懷的溫暖，給人一種愛的感覺。

阿火歪著頭想了又想：「怎麼說呢？這是一種……一種幸福的……對了！幸福的感覺。」

阿火恍然大悟：「太棒了！我終於煮出幸福的味道了，我終於煮出幸福的味道了！」

那一天夜裡，小萱一家人熄燈回房間休息。

「呵……」阿火伸伸懶腰，打個呵欠。

他閉起眼睛，帶著微笑，回味著「幸福的味道」，漸漸的進入美麗的夢鄉。

至於阿星，他的如意算盤打錯了，幾天之後，餐廳老闆讓資源回收的人把阿星收走。

他最後被送進大鎔爐熔毀成鐵水，想後悔也來不及了。

◇ ◇ ◇

美華說：「這個故事好可愛，又好有意義。」

「我問潔明說：『阿火的工作是煮出幸福的味道，那你呢？』他竟然歪著頭說：『我的工作是寫出漂亮的字。』」

「哇！這孩子很有慧根。」

「從那時候開始，我就發現自己會講故事哄小孩，然後開始看很多書，越看越有趣，每回寫作文或者是週記，我就掰個故事，自娛娛人……」

「等等。」美華舉起手打斷志翔，滿臉狐疑。「你剛開始的時候說你忘了你的第一個故事，現在又說了一大堆。該不會，有關你表弟的這件事，也是瞎掰的吧？」

志翔抬起下巴，笑說：「信不信由你了。」

「你呀，就愛讓人猜不透。」

「哈哈！」

走著走著，兩人來到拍賣會現場。

一個花梨木矮几被拍賣官舉到頭頂。

「……五萬五一次，五萬五兩次，五萬五三次。恭喜，成交。」

志翔掃視攤上的貨物：「這些東西感覺都不便宜耶！」

接著拍賣官打開一把摺扇說：「來來來！檜木材質，粉紅櫻花圖案，純正精美工藝品，零元起標，每次一喊至少要百元。請出價……」

「來了！」美華傾身撞一下志翔，「就是這一把。」

「嗯。」志翔點頭回應。

「一百。」有個老先生率先開價。

「阿里山上的檜木都快被砍光了，光這檜木就不止一千了。」

「五百。」有人出聲。

「不行啦！全世界只有臺灣和加拿大有檜木林，現在都已經立法禁止砍伐了，市面上的檜木料只會越來越少，越來越貴。」拍賣官詳細說明，意圖提高貨品的身價。

「那就一千。」那個老先生又說。

「沒辦法，你可知檜木又分紅檜和扁柏，這可是最珍貴的紅檜做的。」拍賣官又說。

「一千一，不能再高了。」老先生說。

志翔看著老先生，見他面容清瘦，精神奕奕，身上穿著純白的紗布衣裳，手腕上戴了一串白玉佛珠，胸前掛著一條雞蛋大小的綠翡翠項鍊，上頭刻了一尊佛頭，一副仙風道骨的模樣。

拍賣官搖頭，苦笑說：「信界仙，物主至少要五千才肯賣，還差太遠。」

「太貴了，一把紙扇，隨便幾百塊就能買到，賣到五千元，未免太誇張，降價吧！」老先生不服氣的說。

「信界仙，五千元對你來說只是九牛一毛，你法力那麼高深，看個風水收幾萬，辦場法事十幾萬，給人改個運都不止五千。」拍賣官笑著說。

明裡誇他，暗地揶揄他小氣。志翔心想，原來老先生是一位道士。

「對呀！太貴了，降價，降價。」幾個人附議。

「沒辦法，物主堅持五千才賣。」拍賣官無奈的說，「有沒有人要出價？如果沒有，我要換下一件了！有嗎？」

還是沒人出價。

「請問，可以借我看一下嗎？」志翔把手高高舉起，請求拍賣官。

「沒問題。」拍賣官把摺扇交給他。

「真漂亮！」志翔看著上頭描繪精美的一簇簇粉紅櫻花，不禁讚嘆。意料之外的，他還聞到一股濃厚的檜木香。「哇！好飽滿的檜木氣味，這得要是五千年以上的神木，才會有這樣強烈純雅的古典香氣。」

「五千年的神木？」好幾個人發出驚嘆，老先生也注視著他。

「我出七千！」一聲大喝響徹雲霄。

「啊！」全場發出驚嘆。美華也被這聲音嚇壞了，不只因為它如雷貫耳，而且是出自身邊的夏志翔。

這太誇張了，志翔不是來幫忙賣扇子的嗎？怎麼自己買了呢？而且還買貴了那麼多？

拍賣官卻是大喜，有點慌張的四下看了看，然後才把眼睛對準志翔，確認一番：「你說的是七千嗎？」

「沒錯。」志翔很堅定的點頭。

「太好了，」拍賣官高高舉起木槌子，大聲說：「七千一次，七千兩次，七千三次。」然後一槌落下。「恭喜小弟，成交。」

全場靜默，眾人都呆呆看著志翔，尤其是老先生和盧美華。

美華在志翔耳邊細聲的問：「你有帶錢來嗎？」

「沒有。」志翔淡定的說。

「我也沒錢。」美華慌張的尖叫起來：「這樣你也敢買？」

第九話

檜木櫻花扇

會場內人聲嘈雜起來，因為有個年輕人開了七千元的高價，買下一把檜木櫻花扇，卻沒有帶錢。

志翔神色自若，美華卻大驚失色：「什麼？什麼？沒錢你也出價，還買那麼貴？」

志翔煞有介事的對她說：「你難道看不出這是五千年的樹靈美智子的隨身法寶，借錢也要先搶下來。」

「五千年樹靈美智子？法寶？」美華呆呆的問，但心裡一亮，有譜了，便鎮定下來問：「你是說，這扇子就像是孫悟空的金箍棒那樣神奇？」

「沒錯，這種東西具有靈力，得要修行高深的人才能隨意變化運用它，不過像我這種沒有道行的普通人，供在家裡每日一炷香，跟奉祀神明一樣，也能保佑家宅平安，富貴榮華。」志翔嚴肅的說。

「你這小子，真會瞎掰。」有人取笑他。

「你不信沒關係，反正東西已經是我的了，好處我自己知道就夠了。」志翔笑著說。

「你說的那個樹靈什麼子的，那是什麼人，能不能多說一點？」老先生湊過來問。

「美智子不是人，她是日本人口中的樹靈，漢人說的樹妖。」志翔吞了口水，掃視一遍眾人驚異期待的目光，又繼續說：「阿里山上那棵放倒的第一代神木，樹齡才三千年，而且木質部已經腐朽中空。但是樹靈美智子的原形是五千年的巨型檜木，非常難得，木質部完全沒有蟲柱和腐朽，因為她吸收了山靈水秀，天珍地寶，日月精華，是絕無僅有的超級神木。」

「我怎麼都沒聽過這棵神木。」老先生說著，其他人也紛紛附和，搖頭說：「對呀！最老的不就是神木站旁邊，放倒的那一棵嗎？」

「很多事情是被統治者隱瞞的，刻意從歷史抹去，尤其有關樹靈復仇殺人的事，可惜當年……唉……死太多人……」志翔皺著眉心，深深吸一口氣，收合了摺扇，然後傷感的搖頭。「唉，太慘了……不講了。」

「啊！」眾人既錯愕，又感到一股難受，好奇心被挑起後，極度想要有人來補足弭平，於是紛紛求著說：「小弟弟，別這樣，講清楚啦！」

「拜託，講一下，講一下，一下就好。」老先生懇求說。

「你們真的想聽嗎？」

眾人都點頭，引領企盼。

「想聽的人舉手？」志翔像個小學老師發號施令。

大家急忙高舉手臂。

「好啦，講一下啦，我也好想聽。」美華一旁幫腔助勢。

「好吧！」志翔舒口氣，緩緩的說：「你們知道阿里山上有一座『樹靈塔』嗎？」

「我知道。」老先生不愧是個修道人，對靈異事件頗有研究。「當年日本人砍伐千年檜木，引起樹靈們反撲，發生許多意外傷亡的靈異事件。後來日本人為了撫慰樹靈，興建了這座塔。」

拍賣官打岔說：「七千元先拿來，沒有後悔的喔！」

「不急。」志翔從容拿過扇子，「可以先讓我把這扇子的故事說完嗎？」

「對對對，你別吵。」好多人瞪著拍賣官，差點引起公憤了。

「好吧！」拍賣官雙手交握，身子前傾。「看來拍賣要先暫停了。其實，我也很想聽。哈！」

「嘩……」的一聲，志翔輕輕一甩，扇面打開，露出櫻花緋紅飄飛如雨的畫面，對著大家說：「就在日治時期的後期，阿里山上……」

他故意很大聲，像是一百多年前的英國人在海德公園，站在肥皂箱上對民眾發表時事評論和演說。

◇◇◇

晨曦破曉，千條金光，萬道瑞氣，從山脈頂端放射出來，喚醒一夜露珠和滿山濃綠的檜木林。

雲霧團聚在山坳之間，層層滾滾，在晨光下染成紅、橙、黃、紫的彩色棉球，清風吹來翻湧成波濤，彷彿山中精靈正在興風作浪。

穿透雲霧往下看，一列黑頭登山火車，正冒著濃濃黑煙，往山林更深處蝸步爬行。林子裡隱約穿梭著獵人和動物的身影。

近午時分，當鈴木五郎扛著飛鼠和山雞，在奮箕湖搭上火車時，一眼就被車內一老一少的和服女人吸引。

這火車下山時運送參天的巨型檜木，上山時載的是伐木工人和技師，但不論上山下山，載運的清一色都是男人，怎麼今天會有陌生的日本女人呢？

她們倆穿著藍灰色的衣料，腳踩木屐，抱著一個棉布包袱。包袱裡的東西看起來長長的，讓人十分好奇。

少女盤著高高的髮髻，面目清秀，一路上都害羞低頭，不像旁邊的婆子見人就點頭，擠出職業的微笑。

車廂門跟往常一樣是敞開的，山林新鮮的溼潤空氣不時灌送進來，而且隨著海拔升高，越來越冷冽。

有工人貪涼，故意坐到車門口，懸出雙腳邊吃便當。五郎若無其事的面向門外，卻是用餘光頻頻偷看少女。

二十歲的他，是原名莫歐的鄒族青年，只因十二歲時父母相繼過世，由木材行的日本經理鈴木先生收為義子，排行在四個親生兒子後面而取了這名字。

不幸的是，鈴木先生一年前在林間意外死亡，鈴木太太傷心的捧著先生的骨灰罈，帶著其餘四個兒子回祖國依親，卻留下他一人在阿里山。

這被人遺棄的感覺，讓五郎傷心了好久。還好警察長高野晉三看在鈴木先生的情分上，給五郎駐在所工友的職缺，住在宿舍。偶爾也叫他回部落跟族人打獵，然後收購他的獵物，讓他有外快可賺。

「嗚——嗚——戚擦——戚擦——」

火車搖搖晃晃，緩步前行，不久繞過「之」字形爬坡軌道，進入濃密廣袤的檜木黑森林。那些參天巨木樹齡超過三千年，棵棵都要十多人牽手才能包圍，五郎很是驕傲，因為他們已經砍伐了好幾百棵，運回日本蓋神社，受到同胞熱烈讚賞，並獲得天皇榮耀的褒獎。

火車穿越山洞，頓時漆黑一片，伸手不見五指，煤煙竄進車廂，嗆鼻的臭味使五郎忍不住摀住口鼻。

火車出了山洞口，立刻跨上高聳的木橋。

五郎被白光刺得張不開眼睛，等恢復了視線，看見少女用衣袖遮臉，想必是怕給黑煙燻汙了。

少女突然放下袖子，轉過臉，雙眼睜睜的望著五郎，五郎反而害臊的低下頭。他只覺得這少女似乎跟之前有些不一樣了。

火車搖晃到終點站，下車時，那兩個女人向列車長問路，然後踩著碎步往給女生準備的宿舍走去。

五郎好疑惑，難道她們是哪一位警察大人的家眷嗎？

五郎把獵物送去工寮的廚房，漢人廚娘忙跟他說：「動作快，大人剛剛交代，今天晚飯時要辦晚會，叫你把會議室整理乾淨，多擺幾張長木椅。」

「喔！櫻花祭不是剛辦完，難道今天又逢祖國的慶典嗎？」

「不！跟慶典一點關係都沒有。」廚娘搖頭正色說：「前幾天我煮飯時，明明是白米，卻煮出紅飯。」

五郎點頭，一臉嚴肅：「這我在部落也聽說了，消息傳得真快，大家都在談論這件怪事，心裡都很害怕，說是樹靈作怪。」

「唉！自從去年，你義父被倒下的檜木壓死之後，林場就意外不斷，工人不是被樹木壓傷，就是被刀鋸割傷，陸續又有人死掉。高野大人早就懷疑是樹靈們在作怪了，而現在又煮出血一樣紅的飯，搞得大家工作都沒辦法專心，就連小孩最近都吃不下飯呢！大人覺得這樣下去不是辦法，就請示上級，要辦一場康樂晚會來安定民心。」

「那麼，我在火車上看到兩個日本女人……」

「那是大人請來的藝伎，現在正在女舍休息呢！」

「喔！不是內地才有藝伎嗎？」

「就是從京都來臺北演出的康樂團，高野大人請示上級，商請其中兩個來支援。真是難得，這深山野嶺的，距離上回請人來表演已經五年多了。」

「那時我還在部落裡，無緣見到祖國來的美麗藝伎。」

「那麼今晚你可要認真的欣賞喔！」廚娘咧開嘴，揚起眉笑了一下。

五郎因為即將大開眼界而心花怒放，急忙跑去會議室，努力的工作。

整理好會議室之後，他溜到女舍外面，想從窗戶的縫隙偷看那位清秀的少女。

屋子裡很陰暗，視線很差，他隱約看見一個人躺在榻榻米上面，身上蓋了薄棉被。他想看清少女的臉蛋，可是她的頭部被盆栽的濃密樹葉遮住了，完全看不見。一旁似乎沒有其他人，那個婆子不知哪裡去了。

什麼都看不到，他只好放棄，回自己宿舍苦苦的等著。

好不容易挨到晚餐時刻，飯菜擺好，附近工人、技師、警察和家眷小孩，都聚集到會議室來。好多人把家裡的電土燈都帶來，擺在臺前幫忙打光。還有人穿戴新衣，打扮整齊，彷彿參加盛宴。

一時間，會議室裡鬧烘烘的。

看看手錶，高野警察長大人站上臺，興奮的說：「神聖大日本帝國天皇，萬歲，萬萬歲。今晚，承蒙天皇眷顧，派康樂團上山來慰勞大家，大家盡情歡樂，不必擔心什麼樹靈，沒有妖魔鬼怪可以逃過天皇的神威，大家放心。天皇萬歲！」

「萬歲，萬歲，萬萬歲。」眾人齊聲高喊。

大家坐定之後開始用餐，隨即一位盛裝打扮，穿紅葉和服的日本婆子，抱著三味線從講臺後面走出來。

她九十度鞠躬，靜靜跪坐到一旁，操起撥子彈奏起來。

「錚錚鐘鐘——登登咚咚——」

「バチの乱れは（撥子雜亂彈撥著）……」婆子忘我的唱著，「……気の乱れ（心情和氣息也跟著煩亂）……」

「哇！好美的古音。」五郎心中讚嘆，這來自祖國傳誦千年，擁有高深文化的音樂，那是天堂之音，是聖殿之樂，哪裡是族人平日圍著營火哼哼哈哈可以比擬的？

一曲完畢，婆子向眾人鞠躬，現場響起熱烈的掌聲。

掌聲過後，一位高髮髻，珠花步搖，白面紅脣，身著飛雪白羽和服的藝伎登場，頓時引起騷動。

她雙手收在下腹前，頷首低眉，小碎步來到臺中央。

五郎驚為天人，張大嘴巴，眼珠子幾乎掉出來。這位陶瓷人形般的美女，居然是那位樸素的少女？他不禁猛吞口水。

美人深深一鞠躬，然後說：「大家好，我是美智子，請多多指教。」說完轉身背對，靜靜跪坐。

高野大人雙眼閃著光，聚精會神的看著，一旁的副警察長小泉大人驚嘆：「唉呀呀！這孤單的背影，宛如龍安寺枯山水中，苔蘚焦乾的荒涼立岩啊！」

高野一聽，不停的眨眼皮，還揉眼睛，五郎知道，和小泉同樣來自京都的高野，此刻的感動必定比自己深刻百倍。

「登登咚咚——」

婆子又操起琴弦，先是輕彈慢奏，後來正撥又反挑，加緊速度，直到

「登登咚咚——轟轟隆隆——」彷彿擊鼓一般。

正激昂時，琴聲乍然一停。

美智子打出粉紅色的櫻花紙扇，回眸一笑。

那嫣然一笑，美得讓五郎全身發軟，無法呼吸。

美智子轉身，隨著接下來的放慢的旋律踩起舞來。先是扇子平舉輕搖，學彩蝶花間飛舞，接著定點高舉，望遠凝視，看扇子往左偏去，如目送秋雁南飛。

幾番旋轉比劃，她緩下來將扇子捧在面前，緊蹙蛾眉，珠翠輕搖。

小泉大人說：「那是美人攬鏡自照，輕嘆年華流水，青春易逝。」

不久美人收起扇子，兩手直握右胸前，仰頭望天，滿眼陶醉。

「這是……」高野疑惑起來。

小泉連忙解釋：「大人，收起櫻花扇，那暗示下起櫻花雨了。美人打傘漫步，多詩意啊！」

「哇！」高野大嘆，「離故鄉幾千里的高山上，竟然變成清水寺的大舞臺了。」

「大人哪！」小泉望著高野的眼睛，「您的淚光，使我懷念起嵐山渡月橋下的流水波光呢！」

「哈哈哈！」高野忙擦去感動的眼淚，用大笑化解尷尬。

接下來，美人越唱越嬌甜，越跳越嫵媚。

五郎忽然覺得不對，怎麼美智子似乎頻頻對高野眨眼微笑。而高野也感應到，開始分心盯著她，漸漸對小泉所說的京都盛景，有一搭沒一搭的虛應著。

五郎心想，我年輕力壯，怎麼美智子不多看我一眼？難道是嫌棄我番人的臉孔礙眼？我都已經穿上和族的衣服了，不是嗎？

「沒有辦法。我無法帶你回去內地，雖然你是我鈴木家的養子，可是你體內番人的血統，是明顯而無法改變的。」義母當時的話又出現在耳際。

「如果帶你回去，勢必遭受親友異樣的眼光和評論，我們鈴木家族非常重視榮譽，我不希望家族因此蒙羞。」

那被人鄙棄的自卑感又隱隱作痛起來。

祖國強大壯麗，難道我要躲在這不見天日的深山中，窩囊一生？只有到內地發展才有前途了。

醋意和憤怒激起五郎心中一股競爭的欲望，隨後盤算起來。

如果能搭上美智子，賄賂那婆子，或許能隨她們下山，加入康樂團回到祖國。待在團裡面打雜，都強過在山上當警察長啊！

不行！我不能讓他們曖昧成功。不行！

五郎起身，跑回宿舍，從榻榻米下面拿出一罈久藏的小米酒，回來獻給高野。

高野先是驚訝，接著笑說：「你這小子懂得報恩啊！我沒有白疼你了。」

五郎說：「大人，這麼好的氣氛，沒有好酒給您助興，不是太可惜了。」

來，我幫您倒滿。」

小泉似乎看出端倪，警告說：「五郎，你不要搞怪喔！」

五郎恭謹的說：「小泉大人您也喝，不要客氣。」

小泉因此鬆了戒心。

就這樣，兩位警察大人在鄉愁的催促下喝了好多酒，很快就搖頭晃腦，語無倫次了。

晚會結束時，大家紛紛散去，美智子把扇子插在腰帶裡，主動上前去扶爛醉如泥的高野。

五郎一個箭步搶過說：「我來就好。」

「不！我來。」美智子說。

「我來扶大人。」

「我來。」

兩人僵持了一會兒，還是不相讓，只好一人一邊，一起送高野回宿舍。

放平高野後，美智子在屋內躑躅著，似乎在等五郎出去就要關上房門。五郎見狀生氣的拉著美智子往外走。

「你到底要做什麼？這麼一個糟老頭子，能給你什麼？」

美智子不回答，只是淡淡說：「你趕快離開。」

「難道你需要依附他的權勢嗎？」五郎忿忿的繼續說，「他雖然是這裡的最高長官，可是你們很快就會離開這裡，回去京都，根本不需要你來伺候他。難道你想留在這裡常住？」

美智子還是不搭理，接著一股不知哪裡來的強勁力道瞬間將他推出門外二十公尺，於此瞬間，木門關上了。他驚愕不已，看似柔弱的美智子，怎麼有這龐然力氣？

「可惡！」他不甘心，奔上前想拉開門，無奈門已上鎖。他用力拉扯，使勁撞擊，用腳猛踹，木門仍毫無動靜。

他跑到旁邊存放工具的小屋，扛出一把斧頭，然後用力朝門鎖處一劈，

「砰！」的一聲，門開了個縫，他急忙用腳踢開，卻讓眼前的景象嚇傻了。

「啊……啊……」高野竟然被黑色繩子勒住脖子，高懸在天花板下。他滿臉漲紅，翻了白眼，雙手拉住脖子上的黑繩，全身因掙扎而扭曲。

這哪來的黑繩？仔細再看，黑繩的另一端竟然是跪坐在榻榻米上的美智子。這到底怎麼回事？茫然慌亂中，他急吐出：「你……你快放下高野，他快死了……」

「你別插手，這不關你的事。」美智子瞪著銅鈴大眼喝斥。

「怎麼不關我的事？高野就快死了。」他趕忙朝那空中的黑繩斧劈過去。然而就在斧與繩相觸的瞬間，高野摔下來，大大的喘氣，而黑繩在空中繞了三圈，倏的收縮到美智子的頭上變成高聳的髮髻，原來，那竟然是她的頭髮。

「是妖怪！」五郎心頭一驚，感受生命遭到強大威脅，直覺將斧尖朝美智子揮過去。

美智子朝下一趴躲過，頭髮又變成長辮子竄到門邊，纏上門拴，下一秒，整個人已經走出門外。

五郎大叫：「別跑！」隨即追砍過去。

美智子的速度很快，轉眼便陷進黑暗森林中，五郎聽著腳步聲一路跟蹤，感到追逐獵物般的興奮和刺激。

越過小溪，繞過亂石，美智子來到一棵巨木前停下腳步，轉身面對五郎。

這時，那婆子不知怎麼的出現在另一棵巨木旁，叫五郎傻眼。「啊！原來是一對殺人魔，都納命來！」

婆子臉色蒼白，面無表情的望著他。五郎朝她劈過去，卻見婆子轉身往巨木撞去，人就不見了。

緊接著，憑空出現一叢樹葉，像張開的傘面在美智子前轉圈圈，然後「咻！」一聲收束起來，一片濃綠瞬間包裹美智子全身。

林中夜色深重，五郎恍恍惚惚看不真切，以為是美智子加了一套綠色和服。

這時，美智子終於說話了：「你不是日本人，我並不想傷你……」

「啊！」她這話好傷人，深深刺著五郎的心，他感到隱藏在胸中的一塊脆弱心肉正淌出血。他咆哮起來：「我是日本人，我是日本人，我怎麼不是日本人？我的義父是木材行的日本經理鈴木，我當然是日本人。」

他只顧極力表明身分，竟忘了美智子的身分，彷彿將她當作義母，憤慨的控訴自己的委屈。

「你真的不是，快走吧！」

這話大大的激怒了他，彷彿有一股如岩漿般滾燙的熱流，從淌血的心口往上噴發。

「你太可惡了！」他高高舉起斧頭，用盡全力朝眼前的女人砍去。

這回美智子沒有閃躲，那斧尖正中她的左肩，她因疼痛而掙扎。五郎想拔出斧頭再劈一次，卻發現雙手緊黏在斧把上，斧頭卻怎麼也拔不出來。

美智子停止掙扎，幽幽的嘆口氣，說：「給你這麼多機會，這可是你自找的。」

她猛然將五郎抓緊，並往後傾倒。五郎只感到頭昏腦脹，全身飄起來似的。但緊接著，他彷彿陷入一個洞穴裡，瞬間被無盡的黑暗包覆。

「日本人砍殺了我們檜木族，我找他們報仇，目的是要他們停止殺戮。而你們鄒族人世代跟我們和平相處，無冤無仇，本來不想傷害你，誰叫你不知好歹，步步相逼……」

「啊！美智子，美智子……」

五朗從此不再聽見任何聲音，也看不到任何東西，只聞到濃得令人窒息的檜木香，充塞了口、鼻、心、肺……

接連幾天，大家遍尋不著五郎的蹤跡，小泉斷言：「五郎破門進屋，壞了大人的好事，還搶走美智子下山去了。」

高野簡直氣炸了，五郎忘恩負義就算了，還搶了本該屬於他的女人，讓他非常丟臉。

他不甘心，放獵犬追蹤，卻在木橋下的山谷裡，發現一對穿和服的女性屍骨和包袱。包袱裡有衣物、化妝品和紅太陽紙扇，不遠處還有碎散的三味線，看起來是從三十公尺高的鐵軌上狠狠摔下來的，但就是找不到五郎的蹤跡。

幾天後，獵犬搜尋來到不為人知的深山裡，在一棵三千年的巨木底下，高野撿到美智子那把檜木櫻花扇。剎時，一陣冷風如幽靈般飄過，讓人背脊發涼。他感到不對勁，轉身看向背後，後面有顆巨石，而巨石上方樹葉蓊鬱，高聳參天。他繞過巨石再看，不得了，那兒矗立著另一棵龐然紅檜，樹幹極其粗壯，前所未見。

「從樹幹的直徑看來，至少要二十五人平舉雙手才能圍抱。」隨行的技師繞著樹幹走了兩圈，估量著。「這樹齡，至少有五千年。」

「五千年！」高野驚喜大叫，下巴都快掉了。「天哪！若是運回內地，可是大功一件啊！」

這真是意外的收穫，相較之下，那個藝伎和叛徒根本微不足道，很快就被高野拋在腦後。他喜孜孜的回去向上級報告請求支援，幾天後一群工人帶著器械工具，開始砍伐這棵超級巨木。

這棵樹靈本可以發動攻擊嚇退他們，只可惜身上遭受斧劈，加上包覆了人類的濁氣，大大降低了她的靈力，使得她只能任人宰割。

最終這棵五千年的巨木，被搬上火車運下山，送回日本內地。

火車穿過森林時，沿路的樹靈們看見了個個義憤填膺，於是聚在一起商討，計劃採取更強大的復仇行動。

不久之後，有十七個工人在鐵道邊集體離奇死亡。他們被人發現時，身體僵直，有如枯木。

日本人嚇壞了，知道樹靈的報復比想像中嚴重數百倍。幾經請示與討論之後，他們不敢再砍伐巨木，並決定建造樹靈塔，定期持咒誦經超渡樹靈，以示懺悔。

而樹靈塔落成的那一天，五郎的心願也實現了，他終於飄洋過海，來到心心念念的祖國國土——

東京最大的神社前，一根檜木大柱插地豎立，高二十多公尺，二十幾人才能圍抱一圈，非常雄偉壯觀。日本天皇下令先將它立起來，向人民彰顯帝國殖民的功績，並等待將來找到另一棵等量的檜木，要合組成日本最大的鳥居。許多人跑來觀賞，驚嘆連連，因為據說這檜木的樹齡有五千多年。

五郎正舉著斧頭，高高被嵌在檜木大柱的木心，任憑他如何奮力的吶喊掙扎，卻始終無法逃出……

◇ ◇ ◇

志翔停下來，現場一片靜謐，大家都注視著他。

「講完了嗎？」老先生疑惑的問。

「還沒。」志翔又說，「後來，大柱子立起來的第三天，一陣晴天霹靂，憑空一記響雷竟打中它，引發大火，把五千年巨木燒了。人們急忙引水滅火，但起火點在半空中，鞭長莫及，火勢盛大，波及一旁的樹林，連帶把神社都引燃了。等到火撲滅之後人們清理現場，赫然發現巨木灰燼裡頭竟然有一具人骨和斧頭。日本天皇聞訊嚇壞了，大臣們都認為是阿里山的樹靈報復砍伐的人，便急忙發電報到臺灣，通知高野他們加強祭拜樹靈塔，把原本三天的祭典，延長為一個月，並且下令，禁止人們談論這件可怕的事情。」

「這故事真好聽，真的還假的？」老先生又問。

「別忘了，威權統治者總是擅於竄改歷史。」志翔調皮的笑。

老先生拍手，全場接著響起熱烈掌聲。

老先生說：「我出八千跟你買。」

志翔搖頭。

有個太太馬上說：「我出一萬。」

「我一萬五。」老先生又說。

「兩萬。」太太堅定的說。

老先生瞪著她，著急的說：「兩萬五，兩萬五。」

「都太少，我不賣。」志翔抬起下巴，作勢走人。

「別走。」太太拉住志翔，「拜託，三萬。」

「這位太太，」拍賣官好奇的問她，「這位信界仙是修道人，需要高深的法器，你是我們舊貨攤的同行，你不怕買太貴難脫手嗎？」

「我剛才把故事錄下來了，」太太秀了秀手中的手機，「我有了這個故事，一定能賣出更好的價錢。」

「五萬！」老先生高舉右手，伸直五根指頭，並且怒目瞪視著太太。

「唉……」太太消了氣，全身虛脫的說：「無緣了。」

志翔說：「好，五萬一次，五萬兩次，五萬三次。恭喜信界仙，成交。」

老先生咧開嘴拍拍胸脯，鬆出一口氣。

「這位太太，」志翔鄭重的對她說，「請你把手機裡的錄音刪掉。」

「為什麼？」太太明顯不肯。

「你偷錄音。」志翔說：「這是我說的故事，是有智慧財產權的，你侵犯了我的權利，在場的每個人都是證人。」

「對，人家可以告你侵權。」老先生有點想報復似的，幸災樂禍的威嚇她。

「我可以跟你買這個故事嗎？」太太小心翼翼的問志翔，「雖然我沒有搶到扇子，但是我太喜歡它了。」

「好吧，七千。」志翔抿著嘴說。

「啊！好貴。」太太苦著臉。

「沒關係，不要就拉倒，你現在就當著我的面刪除吧。」志翔下令。

太太拿起手機，猶豫不決。

「三千！」她收起手機，面露凶光裝狠，殺起價來。

「八千。」志翔眼一斜，脖子一歪，淡定的抬價。

「啊！你你你！算你厲害，算你厲害。」太太不敢再出價了，趕緊從口袋掏錢，付給志翔。

老先生去一旁的提款機領錢，然後心甘情願的付了五萬元，從志翔手上拿走扇子。

志翔付了七千元給拍賣官，就帶美華離開。

「我的天哪！你不但把我爸滯銷的舊貨賣掉，還淨賺五萬一千元。」美華瘋狂尖叫：「你不是天才，你跟樹靈一樣，是妖怪。」

志翔開心的說：「謝謝讚美。」

兩人雀躍的往回走。

美華興奮的說：「你爸要是看見這五萬一，不知道會怎麼想？」

「你可不要說是我搶來的喔！」

「哈哈！你需要再掰個故事，說明錢的來源嗎？」

「不需要，照實講就好了。」

「我先跟我爸說。」美華開心的拿起手機打電話，跟爸爸報告這個好消息，同時跟志翔說：「我爸簡直不敢相信，說你太厲害了。」

一會兒後她又說：「我爸問你，你要的禮物，那套武俠小說叫什麼，他要去書店買給你。」

「我來說。」志翔接過手機，高興的說：「盧伯伯，那套書叫做《少年廚俠》……對，少年的廚師，又是功夫高強的大俠……謝謝你……」

講完手機後，兩人高興的邊走邊聊，很快的接近夏若迪的舊貨攤。

然而，遠遠的卻看見有兩個年輕人在攤子前大呼小叫，而夏若迪縮頭縮腦的頻頻向他們鞠躬，似乎在道歉。

其中一個年輕人高高舉起一個玻璃瓶，往地下砸。

「哐啷——」

「可惡，在搞什麼？」志翔又驚又氣，大吼一聲急奔過去。

（《瞎掰舊貨攤1：斷尾虎爺》全文完）

少年天下 075

瞎掰舊貨攤 1：斷尾虎爺

作者｜鄭宗弦

責任編輯｜李幼婷
封面插畫設計｜DIDI
內文排版｜旭豐數位排版有限公司
行銷企劃｜劉盈萱

天下雜誌群創辦人｜殷允芃
董事長兼執行長｜何琦瑜
媒體暨產品事業群
總經理｜游玉雪
副總經理｜林彥傑
總編輯｜林欣靜
行銷總監｜林育菁
副總監｜李幼婷
版權主任｜何晨瑋、黃微真

出版者｜親子天下股份有限公司
地址｜台北市104建國北路一段96號4樓
電話｜（02）2509-2800　傳真｜（02）2509-2462
網址｜www.parenting.com.tw
讀者服務專線｜（02）2662-0332　週一～週五：09:00~17:30
傳真｜（02）2662-6048　客服信箱｜parenting@cw.com.tw
法律顧問｜台英國際商務法律事務所．羅明通律師
製版印刷｜中原造像股份有限公司
總經銷｜大和圖書有限公司　電話：（02）8990-2588

出版日期｜2022年2月第一版第一次印行
2024年7月第一版第九次印行
定價｜320元
書號｜BKKNF068P
ISBN｜978-626-305-132-4（平裝）

訂購服務
親子天下Shopping｜shopping.parenting.com.tw
海外・大量訂購｜parenting@cw.com.tw
書香花園｜台北市建國北路二段6巷11號　電話（02）2506-1635
劃撥帳號｜50331356　親子天下股份有限公司

國家圖書館出版品預行編目資料

瞎掰舊貨攤1：斷尾虎爺／鄭宗弦文. -- 第一版. -- 臺北市：親子天下股份有限公司, 2022.02
240面；14.8X21公分. --（少年天下；75）
ISBN 978-626-305-132-4（平裝）
863.59　110020293

立即購買 >
親子天下 Education · Parenting · Family Lifestyle
親子天下 Shopping
親子天下 有聲故事書